엄마와 나의 모든 봄날들

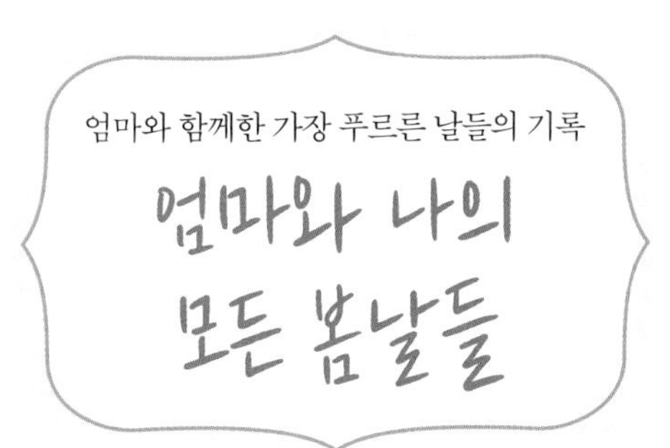

송정림
지음

프롤로그

부모들이 우리의 어린 시절을 꾸며주셨으니
우리는 그들의 말년을
아름답게 꾸며드려야 한다.

– 생텍쥐페리

깜깜해진 마음에 등불을 환하게 켜주던 존재, 집 밖으로 나갔던 내 마음이 돌아오는 길을 찾지 못해 방황하여 울고 싶을 때 다정하게 손 내밀어줄 그 사람, 엄마.

그런데 엄마가 이제 내 곁에 계시지 않는다. 더 이상 목소리를 듣지 못하고 손을 잡을 수 없고 시선을 마주치지 못한다는 사실이 두렵고 아프고 슬프다.

우리가 하는 후회 중에는 무언가를 하지 않아서 갖게 되는 후회가 많다. 엄마가 돌아가신 후, 함께 해보지 못한 일들에 대한 후회로 가슴을 쳤다.

사랑한다고 더 고백할 걸, 더 많이 안아드릴 걸, 한 번이라도 업어드릴 걸, 한 이불 덮고 더 자주 잠들어볼 걸, 좀 더 많은 곳을 여행할 걸…….

엄마의 잔소리조차 그리운 날에는 잔소리를 녹음해둘 걸 하고 후회했다. 엄마와 원없이 다 해봤다고 생각했는데 아니었다. 해보지 못한 일이 너무 많았다. 못 해본 일을 꼽다 보면 아쉬워서, 안타까워서, 마음 아린다. 엄마가 나에게 해주신 것들의 반의반이라도 왜 해드리지 못했을까.

우리는 늘 뒤로 미룬다. 나중에 돈 많이 벌면 성공하면 엄마에게 잘해줘야지…….

그러나 엄마의 다리가 기다려주지 않는다. 다리만 떨리고 가슴은 떨리지 않는 시기가 오기 전에 엄마와 여행을 가야 한다. 하고 싶은 일을 하나하나 해나가야 한다.

어느 날 느닷없이 닥칠 수 있는 엄마와의 이별, 그날부터 폭풍 같은 후회 속으로 빠지기 전에 지금 이 순간, 더 늦기 전에 엄마와 하고 싶은 일들을 해나가자. 엄마의 감성이 남아 있을 때, 엄마의 관절이 무사할 때, 함께 추억을 만들자. 그 추억으로 든든해지고 당당해지자.

많은 여자들은 딸이면서 엄마다. 나도 딸이면서 엄마다. 이제 나이가 들어 거울 앞에 서면 거울 속에 엄마의 모습이 보인다.

엄마가 그때 이렇게 외로웠겠지, 엄마가 그때 이렇게 고달팠겠지…….

언젠가 엄마가 되는 딸들에게, 엄마를 위로하는 시간은 앞으로의 나를 위로하는 시간이다. 세상의 모든 딸들에게, 세상의 모든 엄마들에게 제안하는 엄마와 딸이 함께하고 싶은 버킷 리스트.

엄마를 행복하게 해주기 위한 일을 하다 보니 딸이 행복해지는, 행복 마법이 펼쳐지기를 기대해본다.

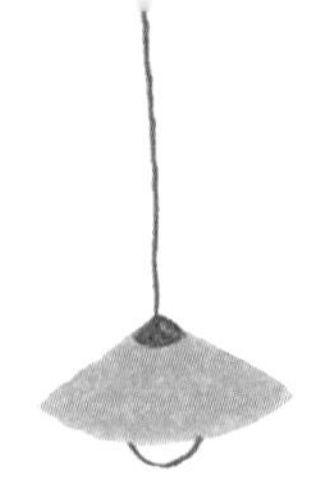

차 례

2장

엄마도 누군가의 딸, 누군가의 소녀

3장

우리가 나란히 바라본 세계는 좀 더 빛났다

4장

엄마와 딸의 사랑도 번져가니까

5장

당신이 걸어간 뒤 남아 있는 나날들을 걸어요

1장

엄마와 함께였던 당연한 봄날들

엄마, 라고 쓰는 순간 드는 감정들

엄마에게
러브레터
쓰기

많이 힘들어 쓰러질 것만 같던 어느 날, 엄마의 손 편지가 도착했다. 딸의 상황을 짐작한 엄마의 편지에는 서툰 그림 솜씨로 보름달 풍경이 그려져 있었다. 보름달도 그믐달이었던 때를 지나 보름달이 되었다고, 영원한 그믐달도 영원한 보름달도 없다고, 힘든 시간이 꽉 차면 그땐 환한 보름달이 되는 거라고, 누구의 인생도 예외는 없으니 지금 힘든 순간을 잘 견디라고 엄마는 보름달을 그려 보내셨다.

엄마의 그 편지를 가슴에 품고 울었다. 이번만 울고 보름달 처럼 웃자, 다짐하면서. 그리고 손 편지 답장을 썼다.

> 엄마의 딸답게 나한테 주어진 일, 부지런히 하고 있어요. 그러니 결실이 있겠지요? 나의 정원에도 장미가 피어나겠지요?

말로는 차마 전하지 못하는 마음을 편지로는 전할 수 있다.

어느 날 라디오를 듣는데, 엄마에게 편지를 전하는 딸의 사연이 나왔다. 엄마에게 계속 화만 냈던 딸이었다. 엄마는 시장에서 도넛 장사를 하셨는데, 바빠서 체육대회에 못 오신다고 했다. 그런데 운동장에 갑자기 나타나셨다. 멀리서 딸을 보고 웃으며 달려오는데 딸은, 시장에 일하러 가는 차림으로 온 엄마가 창피해서 도망가버렸다.
얼마 지나지 않아 엄마는 갑자기 세상을 떠나고 말았다. 도저히 손쓸 수가 없는 말기 암이 진행되도록 병원도 다니지 않고 버티다가 응급실에 실려 갔고, 곧바로 돌아가셨다는 것이다.

"엄마, 미련한 바보 같은 엄마. 나 정말 화가 나요. 엄만 정말 나랑 안 통해."

세상을 떠난 엄마에게도 딸은 계속 화만 났다. 왜 그렇게 엄마에게는 짜증만 냈을까. 시간이 지날수록 죄송하고 엄마의 인생이 가여웠다. 죄송하다는 말을 전하고 싶은데 전할 방법이 없었고 라디오 방송을 통해서 엄마에게 편지를 전했다.

> 엄마, 하늘에서 듣고 계시죠? 실수로 낳았다는 막내예요. 이제 저 돈 벌어서 엄마 선물 좋은 거 사드릴 수 있는데, 그런데 엄마가 안 계시네요. 엄마에게 조금만 더 잘해드릴 걸 그랬어요. 엄마는 늘 밥통 대장이셨죠. 우리가 남긴 것 다 드셨잖아요. 엄마, 거기에선 남긴 밥 드시지 마시고 새 밥 드시고 행복하세요. 나랑 진짜 안 맞고 진짜 안 통하는 엄마. 그런데도 너무나 보고 싶어요. 마음 깊이 사랑합니다.

세월이 그렇듯 엄마 또한 기다려주지 않는다. 엄마가 곁에 있을 때 편지를 써본다. 지금 옆에 있어줘서 고맙다는 내용의 아주 달달한 러브레터를.

엄마가 곁에 있을 때 쓰는 편지는 생각만 해도 마음이 훈훈해지지만 세상을 떠난 뒤에는 '엄마'라고 쓰기만 해도 슬픔이란 방아쇠에 명중된 가슴이 운다. 나도 한동안은 엄마를 잃은 슬픔을 감당하기 힘들었다. 일상도 포기한 채 한없이 방황했다.

엄마 없는 세상이라니…… 모든 걸 내려놓고 싶은 심정이었다. 엄마 마음을 알아드릴 걸, 엄마 목소리에 귀 기울여드릴 걸, 엄마에게 편지를 더 자주 쓸 걸……. 모든 게 후회가 되었다.

여름엔 과일 가게의 참외가 눈길을 끌어서 잠시 발길을 멈추고, 가을엔 홍시 앞에서 발길을 멈춘다. 당장 저 홍시를 사다가 엄마 입에 넣어드리고 싶어서 가슴이 아린다. 과일 가게 앞에서 종종 목이 메어 멈춰선 채 혼자 말을 잇는다.
"엄마, 보고 싶어요. 제일 좋아하시던 노란 참외, 물렁한 홍시, 이젠 엄마가 못 드시네요. 사랑합니다. 온 가슴 다해 사랑해요. 꿈속이라도 엄마한테 안겨보고 싶어요. 제 꿈에 자주 나와주세요."

요즘도 나는 엄마에게 자주 편지를 쓴다. 그 편지를 부칠 수는 없다. 엄마가 계신 곳은 주소가 없기에. 그래도 편지를 쓴다.

엄마가 살아 계신다면 매주 예쁜 편지지를 골라서 편지를 쓸 텐데, 하트를 가득가득 그릴 텐데, 편지 봉투 안에 깜짝 이벤트로 엄마가 좋아하시는 손수건도 넣어드릴 텐데…….

장미 꽃잎과 아로마 향 가득한 물에

엄마
발 마사지
해주기

엄마가 돌아가시기 전에 내가 가장 잘한 일을 꼽으라면 발 마사지를 해드린 일이다. 기운 없이 누워 있는 엄마에게 발 마사지를 해드리면 엄마는 그렇게 좋아하셨다. "너 힘들어서 어쩌니" 하면서도 "이런 건 어디서 배웠어?"라며 좋아하셨다. "엄마한테 해주려고 학원 다녔지" 너스레를 떨면 엄마의 창백한 볼에 서서히 꽃물이 들곤 했다.

발 마사지가 끝나기도 전에 낮은 숨소리가 들리기 시작한

다. 조용히 마사지를 마치고 포근한 이불을 덮어드린다. 그때 들리던 엄마의 낮고 편안한 숨소리를 나는 그리워한다. 그 시간을 다시 돌려준다면, 더 자주, 더 오래, 더 정성껏…… 발 마사지를 해드리고 싶다.

엄마의 다크서클이 짙어졌다면, 어깨가 유난히 처져 보인다면 엄마의 발을 유혹해보자.
"강 여사님~ 이제부터 무조건 쉬실 시간입니다. 달콤하고 로맨틱한 아로마의 세계로 모시겠습니다. 로즈의 깊고 달콤한 향기로 모실까요, 자스민의 유혹적인 향기로 모실까요? 아니면 에메랄드빛 상쾌한 민트 향? 편안하고 은은한 라벤더 향? 청량감 가득한 솔향기를 원하세요? 싱그럽고 상큼한 레몬 향이 좋으세요? 고르세요."

장미 꽃잎을 푼 뜨거운 물을 준비해 엄마를 앉히고 발을 살며시 물에 담근다. 족욕이 힘들다면 약식이 있다. 우선 엄마를 편안히 눕히고 젖은 수건을 전자레인지에 1분 30초 데운다. 꺼낸 뒤 휘휘 공중에 털면 적당히 뜨끈한 온도가 된다. 엄마의 발을 스팀 타월로 꾹꾹 누르며 닦는다. 여기까지만 해드려도 엄마의 얼굴이 달라진다. 다크서클이 점점 위로 올라가다가 쓱 사라지는 느낌이 든다. 족욕 혹은 스팀 타월이 끝나면 발 마사지를 시작한다. 발꿈치를 거쳐 발목 뒷부분도 눌러주면 시원한 곳이니 놓치지 말자.

“엄마, 여기가 아킬레스건이야. 왜 아킬레스건이라고 하는지 알아?”
“듣긴 했는데 잊어버렸네.”
“아킬레스는 그리스 신화에 나오는 영웅 이름인데, 바다의 여신 테티스가 아들을 완벽한 불사신으로 만들려고 스틱스 강에 몸을 씻겼어. 그런데 발꿈치를 잡고 목욕시키느라 손으로 잡았던 발뒤꿈치 부분이 씻겨지지 않았어. 바로 그 발뒤꿈치에 독화살을 맞아서 죽었다는 거야. 그래서 치명적인 약점을 이를 때 아킬레스건이라고 하는 거래.”
신화 이야기도 해드리며 발가락 마사지에 들어간다.

엄마는 발가락을 마사지하면 유난히 부끄러워하셨다.
“엄마 발 거칠어. 거긴 하지 마.”
엄마가 발가락을 움츠리면 나는 더 꼬옥 감싸고 말했다.

"엄마도 내 발 씻어주며 키웠잖아. 이게 바로 스트레칭 마사지라는 거야. 엄마한테 해주려고 영상을 세 번이나 봤어."
"너 힘들어서 어떡해."
"힘들다, 가 무슨 뜻인지 알아? 힘이 들어오려고 힘든 거래. 나 괜찮아. 엄마가 낳아준 이 손으로 이 정도는 해드려야지."

엄마 발의 맥을 짚어서 꾹꾹 눌러주고 나서 한숨 주무시라고 권해본다. 그리고 엄마 배 위에 따뜻한 핫팩을 올리고 이불을 잘 덮어드린다. 곧 평온한 숨소리가 들려온다. 어느새 엄마는 스르르 잠이 들어 있다. 행복한 꿈나라를 방문 중이신지 입가에 빙그르르 웃음이 떠돈다.

'엄마 굿나잇…….'
잠든 엄마를 보며 속삭이듯 굿나잇 인사를 건넬 수 있는 밤, 인생 최고의 밤이 그렇게 깊어간다.

엄마가 새해 첫 특별한 사람으로 당첨됐어요

엄마와
해돋이
가기

해마다 12월 31일이 되면 짐을 꾸린다. 1월 1일 신새벽에 떠오르는 새로운 태양을 보러 떠나기 위해서다. 그해가 유난히 힘든 해였다면 나의 발길은 동해로 향한다. 기운차게 불쑥 출몰하는 거대한 태양을 보면서 새로운 기운을 챙겨보기 위해서. 반대로 그해에 일이 쑥쑥 잘 풀리고 기쁜 일이 많았다면 서해로 행선지를 정한다. 몸을 낮춰 조용히 떠오르는 해를 보면서 더 낮아지고 겸손해지기 위해서.

늦가을 아버지가 갑자기 돌아가셨던 그해 12월 31일에는 엄마가 걱정돼서 고향에 갔다. 그리고 새해 첫날, 엄마 손을 잡고 바닷가로 나갔다. 우리가 바다 기슭에 도착하자 거짓말처럼 수평선 너머로 해가 떠오르기 시작했다. 엄마가 갑자기 노래를 부르기 시작했다.

"낙엽 질 때 떠나신 당신 해가 뜨면 오신다더니 왜 안 오시나요……."

한 번도 들어본 적이 없는 노래였다. 무슨 노래냐고 물었더니 "있는 노래만 부르냐? 내가 지어서 불렀다"라고 하셨다.

함께 새해 첫 태양을 보며 소원을 빌던 그날을 잊지 못한다. 나는 엄마가 외롭지 않게 해달라고 기도했다. 채워드릴 수 없는 빈자리를 걱정하기만 하는 못난 딸의 기도였다.

새해 첫날 아침의 태양은 특별하다. 길게 졸고 있던 겨울의 새벽별을 깨워 보내고 한참을 기다리게 하다가 짠! 하고 나타나는 새해 첫 태양. 그곳이 겨울 바다나 산속이라면 더욱 강렬하게 떠오른다. 새벽 바다와 새벽 산은 유난히 춥다. 그러나 가장 추운 날, 가장 따뜻할 수 있다. 새해 아침을 특별한 사람과 같이 보내야 하는 이유이다.

새해 첫날을 함께할 특별한 사람을 한 번만이라도 엄마로 지정해보면 어떨까. 엄마와 딸의 새해 첫 일출 같이 보기 이벤트! 새해가 오기 한 달 전쯤, 이벤트 당첨을 알려본다.
"내년 새해 첫 일출을 특별한 사람이랑 보기로 했는데 엄마가 당첨됐어요. 저와 새해 첫 태양 보러 같이 가주실래요?"

엄마는 감동할 것이다. 다른 가족과 동행하자는 얘기를 해올지도 모른다. 그러면 이렇게 얘기해본다. "이번엔 우리 단둘이 가요"라고.
보름달 250만 개를 합한 밝기로 빛나는 태양, 누구에게나 공정하게 내려오는 그 태양을 엄마와 맞이해보자. 첫 일출을 엄마와 보면서 새해의 폐활량을 넓혀보자.

언젠가 언니네 가족과 일출을 보러 갔을 때였다. 시야가 다 밝아오는데도 해가 나타나지 않자 "올해는 해 뜨는 건 못 보는구나" 하며 언니가 실망했다. 그때 조카가 말했다.
"해를 보러 오는 건 아니잖아요. 만나러 오는 거지."
그렇다. 해는 눈으로 보러 오는 게 아니라 만나러 오는 것이다. 이를 깨닫고 있는데 어디선가 새 떼가 나타나 환영의 날

갯짓을 하더니 안개 속에서 붉은 기운이 훅 솟아올랐다.

새해 첫 태양은 처음엔 애간장을 녹이며 시간을 끌다가, 단번에 나타나 하늘 중앙을 향해 쏜살같이 솟아오른다. 저절로 "브라보!" 소리가 터져 나온다. 산등성이에서 떠오를 땐 사극 속의 새색시처럼 산을 족두리 삼아 머리를 내밀기도 한다. 그러다 눈부신 미소를 마구 발산한다. 세상에 흩뿌리는 그 빛에 만물이 하나하나 드러나기 시작한다. 어떤 것과도 비교될 수 없는, 오로지 태양 그 자체이다.

엄마는 첫 태양을 보며 소원을 빌 것이다. 그 소원을 딸은 미리 알 것 같다. 축복은 엄마가 하지만, 축복할 만한 일을 만드는 건 딸이다.

인생의 중간중간 단계마다 고난의 반죽을 만들어야 할 힘든 시기가 온다. 내가 힘을 내야 할 때 늘 엄마는 뒤에서 나를 응원해줄 것이다. 내가 세상을 향해 날아갈 때 엄마가 내 날개 밑에 부는 바람이 되어줄 것이다.
엄마가 있는 한 버틸 수 있고, 힘낼 수 있고, 나아갈 수 있다.

햇살 따라 걷는 소소한 나들이

엄마와
동네 한 바퀴
걷기

미국 케네디 가家의 로즈 케네디는 4남 5녀를 두었는데, 차남이 대통령이 된 존 F. 케네디이다. 셋째 아들과 넷째 아들도 상원의원이 됐다. 그러나 영광만큼 비극이 끊이지 않았다. 무려 네 명의 자녀를 먼저 떠나보낸 로즈는 남은 자식들에게 '인생은 고통과 환희의 연속'이라고 표현했다. 그리고 힘든 일을 겪을 때마다 자녀들에게 권했다.

"견디기 힘들면 무조건 햇살을 받으면서 걸어라. 자유

롭게 남아 있는 햇살로부터 기쁨을 찾아라."

폭풍이 지난 다음에도 새들은 다시 노래한다며 자기 자신과 남은 자녀들을 달랬던 로즈. 엄마는 참 강한 존재인가 보다. 로즈의 말처럼 무조건 햇살을 받으며 걷고 싶어지는 날, 무작정 나가서 목적지 없이 걷고 싶은 날, 엄마의 팔을 살며시 끌어보는 건 어떨까.

꽃잎이 흩날리는 어느 봄날이나 연두꽃이 피는 초여름, 아니면 햇볕이 쨍쨍한 한여름날 산들바람을 기대하며 동네 어귀를 돌아보는 것이다. 평일이나 사람이 별로 없는 오후, 엄마 손을 꼭 잡고 동네 한 바퀴를 걸어본다. 태양을 모두 나뭇잎에 담아놓는 늦가을이면 더더욱 좋다. 서로의 몸을 가깝게 밀착시켜서 걸을 수 있으니까.

"엄마, 건강을 지키려면 세 가지 하지 말아야 할 것이 있대요. 신문의 정치면 보지 말 것, 인터넷 뉴스 보지 말 것, 뉴스에 대한 남의 얘기 괜히 듣지 말 것."
"아, 그래? 그럼 그거 세 가지 안 하면 되지 뭐."

"그것만으로는 안 되고, 건강하기 위해서 해야 하는 좋은 일 세 가지가 있대요. 숲에 가기, 책 읽기, 동네 한 바퀴 걷기."
"그러면 우리는 그중에 하나 하는 거네. 지금 동네 한 바퀴 걷고 있으니까."
"이따 숲이 있는 공원이 보이면 거기도 들르면 되지. 그러면 오늘 우린 두 가지를 한 셈이에요."

동네 한 바퀴 산책은 마음이 평온할 때만 하는 일은 아니다. 마음속에 폭풍이 몰아칠 때도, 일이 잘 안 풀릴 때도 두 다리를 이용해서 일단 걸어보자. 걷다 보면 산들바람 한 줄기가 이마를 훑고 지나간다. 지난 계절의 볕하고는 확연히 달라진 햇살의 기운도 느낄 수 있다. 어떻게 한순간에 이렇게 공기를 바꿔놓을 수 있는지, 동네 한 바퀴 도는 동안 계절의 장면 전환을 오롯이 느낄 수 있다.

도서관이 있다면 들어가본다. 책을 고르고 나와서 소소한 얘기를 나눠본다. 이따 밤에 비가 올지 모른다던가, 새로 생긴 빵집은 무슨 빵이 맛있다던가, 그런 이야기들을.

엄마는 그릇가게 아줌마와 옷가게 아줌마가 크게 싸웠다는 얘기를 하실지 모른다. 그러면 누가 잘했고 잘못했는지 변호사와 검사 노릇도 해본다. 시장에서 국수를 사 먹고 카페에 가 크림티를 마신다. 크림티는 홍차와 우유와 꿀의 비율이 중요하다는 그야말로 사소한 얘기를 하면서.

엄마와 보내는 달콤한 동네 산책 데이트 때에는 걱정 따위는 잠시 유보할 것, 아무 걱정 없이 아무 곳이나 걸어 다닐 것, 이것이 포인트다. 서울의 핫한 장소를 방문하는 것이 아니라 그냥 우리 동네 한 바퀴 산책을 나서보는 일, 걷다가 아무 데나 들어가 국수 한 그릇을 나눠 먹는 일은 너무 소소해서 기억조차 나지 않을지도 모른다.

사랑하는 사람과의 가장 특별한 시간은, 역설적이게도 가장 평범한 일상의 순간이다. 생의 마지막에 미소 짓기 위해 꼭 필요한 것은, 사소하지만 말랑하고 따뜻한 시간이다.
가장 빛나는 시간은 그렇게 일상 속에 스며들어 있다는 것을, 가장 설레는 시간은 엄마와 시선을 맞추는 때라는 것을 왜 자꾸 잊어버리고 사는 걸까.

통하는
손가락이 있다

엄마와
커플링
맞추기

나에게도 인생에서 아주 힘든 시기가 있었다. 하는 일마다 되는 것이 없었고 시도하는 일마다 닫힌 문 앞에서 막막해 했다. 생활비 걱정에 밤을 새야 했던 어느 날, 우리 집에 온 엄마가 딸의 상황을 눈치채셨다. 엄마들은 자식 마음에 들어갔다 나오는 걸까. 아무리 표정을 위장해도 다 들키고 만다.

어느 날, 책상에 엄마의 반지가 놓여 있었다. 평생 끼고 있어서 여기저기 흉터가 난 반지. 엄마의 손가락과 이미 하나가 되어 도저히 뺄 수 없었던 반지가……. 딸에게 조금이라도 보탬이 되고 싶은 엄마가 빼놓은 반지였다.
기가 막힌 나는 그 반지를 들고 엄마가 주무시고 계신 방으로 갔다. 낮은 숨소리를 내며 잠든 엄마의 손가락을 보았다. 얼마나 반지를 빼려고 애를 쓰셨던지 반지를 끼고 있던 부분이 짓물러서 하얗게 변해 있었다. 엄마의 근심거리가 되어버린 나 자신이 한심해서 그날 참 많이 울었다.

시간이 흘러 엄마에게 근사한 반지를 해드릴 수 있는 날이 왔다. 내친김에 커플링을 만들어드렸다.
"이건 엄마와 나의 약속 반지예요. 나는 앞으로 잘 살겠다는 약속을 드릴게요. 엄마는 앞으로도 건강하겠다는 약속을 해주세요."
그렇게 우리는 행복을 약속한 모녀 커플 반지를 나눠 끼었다.

그날부터 나는 엄마와의 약속을 지키기 위해 최대한 행복해지려고 노력했다. 엄마도 그 반지를 보면서 힘을 낸다고 말씀하셨다. 나눠 낀 반지가 가진 약속의 힘은 강했다. 나는 그 어떤 벽 앞에서도 꺾이지 않고 엄마와 나눠 낀 약속의 손가락으로 문을 두드렸다.

나에게 사랑하는 사람이 있음을 표현하는 손가락 반지. 약지가 나의 짝을 위한 자리라면, 뭔가를 가리키는 집게 손가락인 검지에 엄마를 위한 자리를 마련하면 어떨까. 이름하여 모녀 커플링!

약지에는 보통 약혼 반지나 결혼 반지를 낀다. 넷째 손가락의 혈관이 심장까지 이어져 있다는 그리스의 속설을 따라 사랑의 징표를 약지에 끼게 된 것이라고 한다. 솔로를 선언하는 사람들은 엄지에 반지를 낀다. 엄지는 자유를 뜻하기 때문이다.

엄마와의 커플링은 검지에 끼면 좋겠다. 검지는 방향을 가리킨다. 인생의 어떤 면을 볼 것인지 엄마가 알려준 게 많으니 그 손가락에는 엄마와의 약속을 지녀보는 것도 좋겠다. 엄마가 알려준 대로 내 길을 잘 걸어가겠다는 약속이자 엄마가 가르친 것들을 결코 놓지 않겠다는 맹세이기도 하다. 모녀 커플링을 끼면, 반지를 볼 때마다 에너지가 생기고 기운이 솟는다. 엄마도 반지를 보며 딸을 위한 주문을 왼다.

어떤 엄마는 둘째 딸까지 결혼하자 "이제 너희들 다 키웠으니 편하게 놀러 다니며 즐기고 살겠다"라고 선언했다. 그러나 딸이 쌍둥이를 낳고 백일이 지나자 아르바이트를 다니기 시작했다고 한다. 여론조사 일을 하더니 이젠 차량통제 일을 하고 계신다. 산길 공사장에서 차량통제 표지를 들고 서 있는 아르바이트라는데 딸들이 전화하면 덤프트럭들이 지나가는 소리가 들려온다. 60대인 엄마가 밖에서 위험하게 아르바이트를 하는 이유는, 쌍둥이 손녀 돌잔치 때 금팔찌를 해주고 싶어서라고 한다.

그 얘기를 듣는 딸은 가슴이 미어져서 짜증이 폭발한다.
"다른 엄마들은 애들 키우고 나면 다시 아가씨처럼 젊어져서 발랄하게 친구들 만나며 잘들 사는데 왜 엄만 청승인데!"
짜증을 쏟아내고 나면 더 가슴이 아프다. 엄마는 모든 딸들의 눈물샘 유발자다. 떠올릴 때마다 짜르르 아리는 가슴 통증의 원인 제공자다.

엄마에게 고맙고 미안한 마음으로 딸은 커플링을 맞춘다. 검지에 끼는 모녀 커플링은, 엄마에게 더 이상은 실망시키지 않겠다는 다짐이다. 영원히 사랑한다는 고백이다. 그러면서도 서로를 구속하지 않는 자유로운 약속이다.

엄마의 행복 충전기

두 팔로 안아드리기

잊히지 않는 기억이 있다. 중학생 시절, 엄마가 학교로 가는 나를 불러 세우셨다. 시간이 늦은 터라 "아, 왜요!" 짜증내며 엄마한테 갔다. 그런데 엄마가 나를 말없이 꼬옥 안았다. 한참 그렇게 안고 있더니 나를 풀어주셨는데 엄마의 힘든 얼굴이 밝은 얼굴로 바뀌어 있었다. 뭔가 슬픈 일이 있었는데 나를 안고 나서 겨우 풀리신 것 같았다.

엄마는 무슨 일로 슬펐던 걸까. 아이를 키우면서 엄마의 그

때 마음을 알게 됐다. 아이가 모르게 슬픔이나 아픔을 극복해야 했던 엄마 마음을……. 복받쳐도 우는 모습을 보이지 않아야 했을 엄마 마음을……. 방법은 단 하나밖에 없었을 것이다. 가능한 빨리 아이 몰래 추스르는 것.

엄마는 그때 날 안고 어떤 슬픔을 극복해야 했던 걸까. 아무리 학교에 지각을 한다 해도 좀 더 엄마를 안아드릴 걸. 두 팔로 엄마를 꼬옥 안고 풀어주지 말 걸. 엄마 마음에 '만땅'으로 행복을 충전시켜드릴 걸.

엄마에게 자식은 생의 배터리다. 우울하거나 힘이 없어질 때 1분만이라도 안고 있으면 행복이 충전되는 느낌을 받는다. 딸이 양팔로 엄마를 안으면? 급속 충전이다. 딸에게 안긴 엄마는 초고속으로 충전되는 느낌을 받는다. 그 힘으로 기운을 내고 씩씩하게 일을 해낸다.

엄마의 행복 충전기는 딸의 두 팔이다. 하루하루 허무하게 늙어가도 딸이 안아주고 위로해주면, "우리 엄마 최고야"라고 인정해주면 그 어떤 일도 버틸 수 있다.

엄마의 뒷모습이 쓸쓸해 보이는 날이 있었는데, 살금살금 다가가서 백 허그를 해드릴 걸. 표정이 유난히 슬퍼 보이는 날도 있었는데 말없이 두 팔로 안아드릴 걸. 걸어가는 엄마가 외로워 보일 때도 있었는데 걸음을 멈춰 세우고 따뜻하게 안아드릴 걸.

엄마의 행복 충전법은 아주 간단하다. 딸이 말없이 꼬옥 안아주면 된다. 엄마의 얼굴에 발그레한 미소가 꽃처럼 피어나면 엄마의 비어 있던 행복도 충전 완료다.

'딸카'의 작용과 부작용

엄마에게
카드
선물하기

활짝 편 손에 담긴 사랑,

그것밖에 없습니다.

보석장식 같은 건 없지만

마음을 숨기지 않고 상처 주지도 않는

사랑.

누군가 모자 가득 생초풀꽃을 담아 당신에게

불쑥 내밀 듯이,

아니면 치마 가득 사과를 담아주듯이,
나는 당신에게 그런 사랑을 드립니다.
아이처럼 외치면서.

"내가 무얼 갖고 있나 좀 보세요!
이게 다 당신 거예요!"

〈활짝 편 손으로 사랑을〉
- 에드나 세인트 빈센트 밀레이

딸은 엄마에게 언제나 무엇이든 풍족하게 베풀고 싶다. 그동안 받아온 사랑을 갚아드리고 싶다. 언제나 아끼고만 살아온 엄마에게 맘껏 쓰라고 말씀드리고 싶다.

대학 시절부터 10년간 엄마에게 용돈을 받아썼던 딸이 엄마에게 카드를 선사했다. 엄마 카드를 쓰는 '엄카녀'였는데 이제 그 엄마가 딸의 카드를 쓰는 '딸카녀'가 된 것이다.
"엄마, 이 카드는 한도가 30만 원짜리예요. 엄마에게 매달 드릴 수 있는 최대 한도가 30만 원밖에 안 돼서 죄송해요.

돈으로 드리면 안 쓰고 모으시니까 쓰시라고 카드 드리는 거예요. 그리고 이 카드 쓸 때마다 저에게 문자 오니까 그런 줄 아시구요."

엄마에게 드린 카드의 첫 이용 문자는 바로 이것이었다. '스타벅스 16,400원'. '엄마가 카페에서 커피 드셨구나' 생각하는데 전화가 왔다.
"딸~ 내가 너 카드 썼어. 오늘 친구들 만났는데 너 카드라고 자랑하고 내가 한턱 쐈다. 친구들이 엄청 부러워 해."
엄마의 목소리가 한껏 들떠 있었다.
"카드 쓸 때마다 전화하지 않아도 돼요. 엄마가 쓰는 거, 문자로 다 온다니까."
"알았어. 딸 고마워~."

그렇게 시작된 '딸카'는 엄마의 행적을 고스란히 전달해준다. '편의점 2,400원', '○○찜질방 10,000원', '그릇가게 8,000원'. 사용 내역이 찍힌 문자를 보면서 딸은 웃음 짓는다. 지금 편의점에 가 계시구나, 그릇가게에서 그릇 사셨구나……. 엄마의 발걸음과 소비 현장을 상상하며 웃음이 나온다.

"엄마, 저 열심히 돈 벌게요. 지금은 엄마가 백화점에서 살까 말까 망설이다가 그냥 돌아서는 거 다 알아요. 열심히 벌어서 이다음에 제가 수입이 많이 늘면, 그땐 카드 한도 높여드릴게요."

"야야, 이 정도면 돼. 난 더 늘리는 거 원치 않아."

세상에서 가장 황홀한 카드는 '딸카'가 아닐까. 기한이 언제가 될지 모르지만 지금은 엄마에게 용돈을 줄 만큼 열심히 잘 살고 있다는 의미일 수도 있으니까.

단, 부작용도 있다. 엄마가 주변 사람들에게 팔불출 소리를 듣게 된다는 것. 딸 자랑을 너무 많이 해서. 그리고 딸 카드가 든 지갑을 너무 꽉 잡고 다녀서 손이 아프다는 것.

우리는
건강 운명공동체

엄마와
건강 검진
받기

언니와 나는 매해 부모님 손을 붙잡고 건강 검진을 받으러 갔다. 엄마 생전에 잘한 일 중 하나가 이것이다. 그런데 아버지는 당당하게 검진을 잘 받으시는데 엄마는 늘 건강 검진하러 가는 걸 꺼려하셨다.

"가기 싫대도 그런다. 작년에도 했는데 아무 이상 없었잖아."

작년에 없던 병이 올해 생길 수도 있는 거라고, 엄마가 건강하신 걸 알아야 딸이 맘 놓고 일할 수 있다고 아무리 설득해도 걸음을 옮기게 하기 쉽지 않았다. 물론 자식 이기는 부모

없어서 결국은 기어코 모시고 갔지만.

왜 그렇게 건강 검진을 꺼려하셨을까. 늦게야 그 마음을 이해하게 되었다.

엄마의 시계는 가족을 위해서 돌아간다. 건강 검진을 하는 날, 엄마가 가장 초조한 이유도 바로 그것이다. 인생에 다른 미련이 있어서가 아니다. '내가 아프면 우리 가정이 어떻게 되나' 하는 걱정이 든다. 아프다는 결과라도 나오면 당장 그 병치레는 누가 한단 말인가. 병원에 입원이라도 하라고 하면 집안일은 누가 하고 남편과 자식들 뒤치다꺼리는 누가 한단 말인가……. 엄마는 쉽게 건강 검진 길에 나서지 못한다.

그래도 해야 하는 일이라면, 엄마는 딸이 동행해주면 세상에 그만큼 든든한 것이 없다. 위장 내시경을 할 때 수면 마취에서 깨어나면 눈앞에서 딸이 기다려주고 있다. 그 순간, 엄마는 세상 부러울 게 없다. 진단 결과가 걱정될 뿐.

엄마들은 검진 중에 뭔가 증상이 나타나도 가족에게 부담이 될까봐 숨기기도 한다. 어떤 엄마는 명치끝이 아파서 변기에 앉아 잔뜩 쭈그린 채 바들바들 떨면서도 딸이 알면 어쩌나, 직장 일이 바쁠 텐데 방해되면 어쩌나, 아픈 걸 숨기다 끝내 119에 실려 가기도 했다. 응급실에서조차 딸만 걱정한다. 내일 출근해야 하는데 잠 못 자서 어떡하냐고. 쓰러진 순간에도 딸만 걱정하는 존재가 엄마다.

딸은 사실, 엄마의 아기 캥거루이고 싶다. 딸 옆에 엄마가 없으면 행복이라는 그림이 완성되지 않는다. 엄마가 딸에게 그러하듯 딸도 엄마에게 바라는 건 금은보화가 아니다. 엄마가 돈 걱정하지 말고 건강하기만 하면, 언제나 곁에 있어주기만 하면 된다. 옆에서 잔소리도 하고 도닥여주고 못난 딸 예쁘게 봐주면, 그러면 된다. 그러니 세상의 엄마들은, 딸을 위해서라도 건강해야 한다.

딸이 엄마의 건강 검진을 예약해본다. 엄마의 캘린더에 별표를 그려놓고 주의사항을 체크한다. 그리고 건강 검진 날, 다정히 팔짱을 끼고 동행한다. 검사하는 내내 기다리면서 중간중간 검사장을 이동하는 엄마와 눈을 마주치면 파이팅!

응원해드린다. 검사를 마친 엄마는 전날 저녁부터 금식이라 시장하실 것이다. 속에 편한 메뉴를 파는 식당을 예약해뒀다가 엄마와 맛있는 음식도 같이 먹는다. 검진 결과가 나오면 그 결과를 엄마와 딸이 공유한다.

엄마의 건강은 딸이 지켜준다. 그래야 딸이 행복하니까. 엄마와 딸이 오래오래 행복하니까.

지름신 모시고 출발

엄마와
쇼핑 가기

엄마가 돌아가신 후, 유품을 정리하다가 엄마 옷들을 가슴에 품고 흐느껴 울었다. 거기 스민 엄마 냄새 때문만은 아니었다. 어쩜 값비싼 옷은 한 벌도 없는지, 딸이 어쩌다 사드린 옷 중에 비싼 옷들은 다른 가족에게 줘버리고 당신은 시장에서 산 옷들만 입고 사셨다. 그나마 몇 벌 되지도 않으면서 너무 많다고, 저걸 언제 다 입을 거냐고 하셨다.

아버지는 멋쟁이라 모자만 해도 최고급 브랜드였고 양복도

다 맞춤복인데 엄마의 옷장은 단출하다 못해 초라했다. 딸의 고집에 어쩔 수 없이 백화점에 가서도 당신 옷은 폭탄 세일 가판대에 누워 있는 옷들만 보셨다. 마네킹에 입혀져 있는 새 상품은 거들떠보지도 않고 딸이 팔을 붙들까봐 빠르게도 그 앞을 지나치셨다.

엄마는 딸의 지갑에서 돈이 나가면 마음이 아프다. 돈을 아껴서 딸이 제발 돈 걱정 안 하고 잘 살아주었으면, 그것을 더 바라기 때문이다.
"엄마, 오늘은 맘껏 사요. 가격표는 보지 말고 사고 싶은 옷 다 사세요."
이 말을 하면서 살고 싶었지만 딸의 지갑 형편이 괜찮아질 즈음에는 엄마가 돌아가시고 안 계신다.

어느 날 라디오를 듣는데 초등학교 1학년 딸을 둔 엄마의 사연이 흘러나왔다. 딸의 머리를 감기고 말려주는데 대뜸 그러더란다.
"엄마 하루에 1억씩 버는 게 눈 깜빡이는 것처럼 쉬웠으면 좋겠어요."

순간 그 엄마는 귀를 의심하면서 내가 교육을 잘못 시켰나, 너무 배금주의에 물들었나, 걱정이 됐다. 그렇다고 아이의 마음에 상처를 줄 수 없어서 이렇게 대답했다.

"그 돈 벌어서 뭐하려구?"

그랬더니 딸이 이렇게 대답하더란다.

"'미세스 문~' 있는 집에 살게 해줄 거예요."

예전 드라마에서 장미희 씨가 극 중 가정부를 부르며 그랬다는 것이다.

"미세스 문~ 커피 한잔 줘요. 미세스 문~ 여기 좀 치워요."

엄마는 가슴이 먹먹해지면서 그동안 너무 아이에게 힘든 내색을 했나 싶어서 후회가 됐고 앞으로 돈 얘기를 하면 안 되겠다고 반성했다고 한다.

엄마의 사연은 이렇게 마무리됐다. 자신에게 그런 거액이 생긴다면 그 돈을 딸을 위해 다 쓰고 싶다고. 우리 공주님이 넓은 세상을 바라보고 당당히 꿈을 이루는, 아름다운 사람으로 성장하는 데 쓰고 싶다고.

딸의 앞길에 아름다운 꽃을 깔아주고 돌부리는 치워주고 싶은 것이 엄마 마음이다. 딸의 앞길에 자갈을 깔아주는 존재가 되지나 않을까, 늘 걱정되고 딸에게 미안하기만 한 것이 엄마 마음이다.

딸의 지갑에서 돈이 나가는 게 마음이 편치 않은 엄마, 그러나 딸과 쇼핑 가는 즐거움은 누리고 싶다. 딸과 나란히 쇼핑하는 즐거움은 엄마의 인생 3대 즐거움에 속한다고 한다.

돌아가신 엄마와의 순간을 되돌리는 것이 허락된다면, 엄마가 입어봐서 예뻤던 그 옷을 몰래 사다가 짠! 하고 드리고 싶다. 딸의 형편을 걱정해 사지 않겠다고 고집부렸던 엄마도 어쩔 수 없이 그 옷을 입을 것이다. 딸이 사준 예쁜 옷을 입고 행복하게 미소 짓는 모습을 한 번이라도 더 보고 싶다.

어린 딸에게 동화를 읽어주셨듯이

엄마에게
시
읽어드리기

엄마가 요양원에 계실 때 언니와 나는 엄마를 찾아가 시를 한 편씩 읽어드렸다. 딸들이 어렸을 적에 엄마는 동화책을 읽어주셨다. 다시 아이가 된 엄마에게는 딸들이 시를 읽어드렸다. 어릴 때는 판타지가 담겨 있는 동화가 좋지만 인생을 관조하는 나이가 되면 시가 좋아진다. 시구 하나하나에 삶의 순간들을 대입할 수 있으니까.

엄마는 딸이 시를 읽는 동안 미소를 짓고 눈물도 지으셨다.

"아 좋다, 좋다, 참 좋다……" 하셨다. 시를 읽어드리는 중에 가느다란 숨소리를 내며 잠이 들기도 했다. 어린 딸이 엄마가 동화 읽어주는 소리에 잠이 들었듯이.

엄마가 딸에게 동화를 읽어주실 무렵, 어린 자식을 얼마나 사랑했을까를 떠올리며, 그 절반의 절반에도 못 닿지만 사랑하는 마음을 가득 담아서 시를 읽어드리기를. 어린 딸이 잠들 때까지 옛날이야기를 들려주셨던 것처럼 엄마에게 시를 읽어드리기를.

인생의 기나긴 길을 걸어온 엄마에게도 아름다운 시들이 삶의 비법을 알려드릴 수 있다. 그리고 당신으로 인해 딸은 행복했다는 고백을, 당신의 인생은 훌륭했다는 위안을 전해드릴 것이다.

가끔은 노랫말을 들려드려도 좋다.

> 네가 없이 웃을 수 있을까.
> 생각만 해도 눈물이 나.

힘든 시간 날 지켜준 사람

이제는 내가 그댈 지켜줄 테니.

가수 폴 킴의 〈모든 날 모든 순간〉 같은 노랫말은 엄마에게 고백하기에 아주 좋다.

한 송이의 꽃이 피고 지는

모든 날 모든 순간 함께해.

시에 사랑한다는 고백을 실어 전하던 그날이 그립다. 엄마에게 읽어드리는 시는 녹음해두기를 권한다. 먼 훗날, 엄마와 함께했던 순간이 그리운 어느 날 들을 수 있게.

2장

엄마도
누군가의 딸,
누군가의 소녀

엄마 안에 남아 있는 그 소녀

엄마와 여행 떠나기

모녀는 세상 어디서도 다시 구할 수 없는 베스트 프렌드 사이다. 짜증 내고 신경질 부리며 마구 대해놓고 후회도 하지만, 봄눈 녹듯 어느새 사르르 녹아버리는 관계, 엄마와 딸. 세상의 모든 인간관계는 유리 같아서 한번 잘못 떨어뜨리면 깨지고 말지만, 그 후에 강한 접착제로 붙여서 복구가 된다고 해도 상처가 남지만, 엄마와 딸은 다르다. 서로 상처 입을 말을 던지며 갈등이 격화됐다가도 어느 순간 신비의 마법을 부린 것처럼 복구된다. 이런 기적이 어디 있을까. 모녀이기에 가능한 일이다.

마법의 베프, 엄마와 여행하는 일은 절대로 미룰 수 없는 인생 최고의 신나는 과제다. 엄마가 웃어야 집안이 평안하다. 엄마를 웃게 하는 최고의 방법은, 함께 여행하는 것이다.

여행은, 엄마에게 가사일을 쉴 수 있다는 의미도 된다. 딸이 기획한 엄마와 떠나는 여행에서는 가장 먼저, 엄마를 일상에서 탈출시켜보자. 여행하는 동안은 엄마 손에 물 묻힐 일 없게 하고 강인한 엄마에서 설레는 여자로 변신시켜드린다.

여행지는 어디든 좋다. 발 닿는 데로 가서 팔짱 끼고 걸으며 끝없이 수다를 떨면 된다. 무뚝뚝한 딸이라 미안하다고 속마음을 표현하기도 하고, 엄마가 내 엄마여서 행복하다는 고백도 해본다.
엄마가 내 사진을 예쁘게 찍어주고, 내가 엄마를 예쁘게 찍어주고, 이 골목 저 골목, 알려지지 않은 길을 걷다가 식당에 들어가기도 하고. 실수 좀 하면 어떤가. 엄마인데, 딸인데……. 엄마는 딸의 실수마저 대견하고 툴툴거림마저 귀

였다. 겉으로 살짝 짜증이 표출될지 모르지만, 그건 순간뿐이다.

이 시대와는 너무나 다른, 전 세대의 삶을 살아온 엄마. 자식들을 무조건 마음으로 품어야 했던 엄마. 자식 때문에 직장을 포기했을 수도 있고, 우아미 같은 건 포기하고 억척 여인이 된 엄마. 여행을 가서도 가족이란 틀에서 헤어 나오지 못하는 엄마를 완벽히 탈출시켜드리자.

명절 연휴 때 엄마를 '명절 감옥'에서 해방시켰다는 딸도 있다. 설날에 엄마와 단둘이 여행지에서 떡국을 끓여 먹었는데 엄마가 참 많이 행복해했다고 한다.

돈을 벌면 가장 먼저 엄마에게 쓰겠다고 다짐했는데 돈뿐만 아니라 시간도 함께 쓰면 더 기쁘다. 엄마가 딸에게 시간과 돈을 썼듯이 이젠 딸이 엄마에게 시간과 돈을 써본다.

여행지에서 그동안 몰랐던 사실을 알게 되기도 한다. 엄마가 열대 과일을 먹으면 행복해한다는 것도, 연어와 함께 마시는 화이트 와인을 좋아한다는 것도 알게 된다. 물론 세상에서 가장 편한 상대이기 때문에 절제 없이 마음을 그대로 드러내다 보면 실수할 수도 있다. 그러나 그 자체가 여행의 과정이자 의미이다. 여행지에서 불편해하거나 잡음이 생겨도 그게 바로 여행이다. 파인애플 통조림을 까먹으며 끝없는 수다를 떨다가 손잡고 잠드는 여행, 늦지 않게 계획해 보기를.

엄마의 마음속에는 아직도 소녀가 살고 있다. 여행지에서 그 소녀를 꺼내드리자. 엄마의 관절이 아직 성할 때 시도하고 감행하자. 나중엔 엄마의 다리가 기다려주지 못하니까.

엄마 얼굴에
조명이 켜지는 날

엄마의
메이크업
아티스트 되기

어린 시절, 푸른 5월이었다. 엄마가 어버이날 행사에 가느라 한복을 입고 양산을 쓰고 걸어오는데 그 모습이 얼마나 반짝거리던지. 꽃보다 햇살보다 계절보다 엄마가 더 아름다웠다. 그래서 괜스레 팔짱을 끼고 칭얼거렸다. 불안했다. 엄마가 너무 예뻐서.

그 후 시간이 엄마의 얼굴에서 젊음을 가져갔다. 김진호의 〈가족사진〉 속 노랫말처럼 '나를 꽃피우기 위해 거름이 되어버렸던' 엄마의 모습에 딸의 가슴이 무너진다.

얼마나 눈부신 여인이었는지를 잊어버린 엄마에게 그 시절의 미모를 꺼내드리고 싶다. 같이 외출할 때 엄마한테 화장을 해드린 적이 있다. 쑥스러워 하면서도 얼굴을 나에게 맡기시던 엄마. 화장을 마친 얼굴을 거울로 보며 "입술이 너무 빨갛지 않니?" 하면서도 좋아하셨다.

어느 딸이 엄마와 TV를 보는데 이런 광고를 보게 되었다.
"얼굴이 환해 보이는 이유가 뭘까요? 비결은 피부, 피부에 조명을 탁 켜주세요."
순간, 엄마를 보며 그런 생각이 들었다.
'엄마 얼굴은 정전이다.'
빛바랜 엄마 얼굴을 보니 안타까워서 괜히 퉁명스레 한소리 했다.
"엄마, 화장 좀 하고 다녀!"
딸은 엄마의 화장대로 가봤다. 몇 년 전 딸이 일하던 곳에서 받아온 화장품을 아직도 바르고 계셨다.
"이걸 왜 아직도 쓰고 있어? 유통기한 지났잖아. 당장 버려 좀!"

좋게 말하면 될 걸 왜 화를 내며 말했는지, 딸은 또 후회한다. 딸의 화장품을 빌려서 눈썹을 그리고 있는 엄마의 등을 볼 때 딸의 콧등은 짠해진다.

"눈썹을 왜 그렇게 그려? 이리 줘봐. 내가 그려줄게."

딸의 손놀림으로 엄마는 변신한다.

"엄마 연세에 화장 안 하면 위기야. 근데 위기라는 말 앞에 '분' 하나만 발라봐. 분위기가 되는 거야. 분위기 있게 보일 수 있다는 거지."

아재 개그를 곁들여가며 엄마의 얼굴에 분을 바르고 메이크업을 해준다.

"이렇게 발라도 화장 안 한 것처럼 보이지? 이게 바로 '꾸안꾸' 화장법이야. 꾸미지 않은 듯 꾸민, 꾸안꾸."

신조어를 추임새로 넣으면 엄마 얼굴에 미소까지 더해지며 그날 최고의 아름다움을 뿜어낸다.

"엄마 인생 이제 시작이야. 인생 제 2막 첫 번째 해야 할 일은, 앞으로 더 예뻐지기. 내가 도와줄게."

가끔이라도 엄마의 얼굴을 변신시켜줄 엄마만의 메이크업 아티스트가 되어보는 건 어떨까. 그리고 엄마에게 화장법을 알려드려본다. 유튜브의 메이크업 아티스트에게 배워서라도 엄마의 얼굴에 화기가 돌게 화장법을 가르쳐드리자. 엄마의 얼굴에 조명을 켜드리자.

딸이 정성껏 화장을 해드린 날, 외출에서 돌아온 엄마가 이런 말을 할지도 모른다.
"오늘 버스에서 어떤 할머니가 날 부르는데 뭐라고 불렀는지 알아? 나보고 '새댁~'이라지 뭐야. 호호호."

새로운 세상이 보일 거예요

엄마와 안경점 가기

나이가 들면 세 개의 안경이 필요하다고 한다. 하나는 가까운 데를 볼 때 쓰는 안경, 다른 하나는 먼 곳을 볼 때 쓰는 안경, 또 하나는 그 두 안경을 찾을 때 쓰는 안경. 우스갯소리지만 엄마들에게는 공감 가는 이야기이다.

나이가 들면 몸 여기저기서 이상 신호를 보낸다. 그중에서도 눈이 보내는 신호가 특히 속상하다. 어떤 엄마는 문학소녀 출신으로 늘 책을 끼고 살았다고 한다. 그런데 이젠 누가 좋은 책을 줘도 읽기가 싫어진다. 책 안의 글씨가 가물가물하기 때문이다. 그렇다고 돋보기를 쓰고 읽자니 중간중간 울렁증이 와서 책을 밀쳐두게 된다.

젊은 시절의 빛났던 동공을 떠올리며 “이제 늙었나봐” 탄식하는 엄마. 동공에 노화가 시작된 엄마에게 밤바다의 등대 같은 곳이 있으니, 바로 안경점이다. “좀 안 보이면 어때” 하며 귀찮아 하는 엄마의 팔짱을 끼고 안경점으로 가보면 어떨까.

안경사와 상담하고 몇 가지 검사를 하면 엄마에게 딱 맞는 안경을 찾을 수 있다. 요즘은 부담이 되지 않는 가격으로 세일하는 곳도 많다. 엄마에게 맞는 테를 딸이 잘 골라본다. 안경테 사이즈, 동공 간 거리도 체크해주고 시간이 좀 걸려도 엄마에게 딱 어울리는 안경을 고른다.
“그거 쓰니까 이미지가 완전히 달라 보여요. 변신 성공!”
“옆라인이 화려한 안경은 괜히 시선을 집중시켜 별로예요.”
“그건 인상이 날카로워 보여요. 처음 써본 게 가장 나아요.”
세상 그 누구의 조언보다 딸의 조언이 진정성 있다는 것을 엄마는 안다.

안경은 더 이상 고리타분한 시력 교정기나 단순한 패션 아이템이 아니다. 엄마를 행복하게 해주는 필수 아이템이다. 안경을 잘 고르기만 해도 중년의 엄마는 '트렌드 세터'라는 소리를 들을 수 있다.
패션 아이템인 예쁜 안경, 책 볼 때 쓰는 돋보기, 컴퓨터 할 때 쓰는 안경, 영화를 보거나 운전할 때 쓰는 안경……. 나이에 비례해서 안경의 개수는 점점 늘어간다.

눈동자 하나만큼은 자신 있었던 엄마에게, 이젠 눈마저 흐릿하다며 우울해하는 엄마에게, 멋진 안경을 정기적으로 골라드리자. 아름다운 것을 더 선명하게 볼 수 있도록.

새로 계약한
전속 모델처럼

엄마와
이미지
사진 찍기

우리 네 자매가 엄마와 팔짱을 끼고 사진관에서 찍은 사진이 몇 장 있다. 올망졸망 모인 네 딸과 행복해하는 엄마의 표정은 지금 봐도 아름답다. 행복했던 시절은 그렇게 사진 속에 저장되어 있다. 엄마의 뺨을 부빌 수는 없어도 사진을 찍을 당시 엄마의 행복을 만져볼 수는 있다. 아버지가 그 사진들을 보며 질투해서 아버지와도 네 자매가 사진관에서 잔뜩 포즈를 취하고 찍었다.

지금도 엄마와 네 자매가 찍은 사진과 아버지와 네 자매가 찍은 사진은 보물처럼 저장해서 지니고 다닌다. 하지만 뒤늦게 아쉬운 게 있다. 엄마랑 나랑 단둘이 찍은 사진이 있다면 얼마나 좋을까. 엄마와 나, 모녀만의 사진을 찍어둘 걸. 스튜디오에서 이런저런 폼을 잡으며 둘만의 아름다운 순간을 남겨둘 걸.

소녀시대의 태연이 그녀의 엄마와 화보를 촬영한 적이 있다. 〈두 여자〉라는 타이틀과 함께 태연이 SNS에 올린 화보 사진은 많은 딸들의 심금을 건드렸다. 둘 다 까만 모자와 까만 원피스를 입고 엄마는 진주 팔찌와 진주 목걸이를 한, 올 블랙의 세련된 패션을 담은 흑백사진, 그리고 웨딩드레스를 연상시키는 화이트 드레스 차림의 사진까지 전국 딸들의 시선을 강탈했다. 나도 엄마의 50대와 나의 20대를 기억할 만한 사진을 찍고 싶다……. 이런 생각이 딸들의 마음을 물들인 것이다.

엄마가 더 늙기 전에 머리도 하고 풀 메이크업도 하고 드레스를 입고, 꽃을 좋아하는 엄마라면 꽃을 한 아름 안고 이미지 사진을 찍어보면 어떨까. 장미를 좋아한다면 장미를, 해바라기를 좋아한다면 해바라기를, 백합을 좋아한다면 백합을 가득 안고 꽃처럼 볼을 붉힌 엄마의 미소는 딸의 마음에도 꽃등을 켜줄 것이다.

이미지 사진을 찍어주는 스튜디오에 가보면 화관 등 온갖 장비가 다 구비돼 있고 모든 공간이 포토 존이다. "우린 저 예쁜 공주 거울에서 태어난 거야, 엄마"라며 여배우 샷, 공주 샷을 전부 찍어보자. 사진 찍는 게 싫다던 엄마도 막상 스튜디오에 오면 달라진다. 방금 전속 모델로 계약한 사람처럼 구도까지 잡고 포즈를 취한다. 스튜디오에 못 갈 상황이라면 카페나 실내에서도 기념사진을 찍을 수 있다.

"어린 시절 엄마와 같이 찍은 사진, 그 포즈 그대로 또 찍고 싶어. 이 사진 말예요. 이렇게 다시 또 찍어요. 1년에 한 번은 사진을 찍어서 나이대별로 모아두고 싶어요."

엄마와 이미지 사진을 찍기 위해 전날부터 합동 피부 관리도 시작해본다. 마스크 팩을 붙이고 충분한 수면을 취하고

아침에 잠자리에서 일어날 때 스트레칭을 해본다. 표정 관리가 최고의 화장법이므로 좋은 생각을 하며 표정도 밝게 해본다.

사진을 보며 뛸듯이 기뻐하는 엄마를 보며 딸은 괜히 맘에 없는 질투도 내본다.
"엄마 리즈 시절은 바로 지금이네. 나보다 훨씬 예뻐."
"그래, 너 긴장해라"라며 엄마가 딸의 하얀 거짓말을 받아쳐 가며 사진을 찍어본다.

그리고 엄마와 딸의 사진만을 따로 보관하는 화보집을 만들어 오래오래 간직하면 좋겠다. 엄마 떠난 후에도 그 행복했던 시간을 추억할 수 있게.

손가락에 머무는 스무 살

엄마와 네일 아트 하기

'젖은 손이 애처로워 살며시'라는 가사로 시작하는 노래가 있다. 아내의 젖은 손을 애처롭게 생각하는 남편의 입장을 노래한 곡인데 그 시대처럼 엄마들의 손이 늘 젖어 있진 않지만 그래도 딸의 시선으로 보면 엄마의 손은 여전히 애처롭다.

나는 엄마가 손톱에 매니큐어를 칠한 모습을 본 적이 없다. 정직하게 잘린 손톱에 봉숭아 꽃물 한번 들여본 적 없던 엄마의 손, 부드럽던 손은 점점 주름지고 거칠어졌다. 딸은 또 후회한다. 어떻게 엄마 손을 이끌고 네일 샵 한번 가볼 생각을 못했을까. 엄마의 거친 손에 꽃잎 같은 네일 아트를 한 번이라도 해드릴 걸.

엄마는 "아유 싫어" 하면서도 딸이 고집부리면 따라가셨을 텐데. 처음엔 어색해 하다가도 "아, 예쁘다" 해주셨을 텐데. 엄마와 같이 예쁜 네일 아트를 받고 사진으로 남겨둘 걸. 엄마와 안 해본 것 없이 해봤다고 생각했는데 생각하면 할수록 못 해본 것투성이다.

까칠해진 엄마 손을 붙잡고 네일 샵으로 가보자.
"오늘은 저와 우리 엄마 둘 다 해주세요" 하고는 엄마와 나란히 앉아 네일 아트를 받아보자.
예쁜 컬러의 제품들이 잔뜩 입고되어 있는 걸 보면서 새로운 계절이 왔음을 느낀다. 친절한 직원이 엄마에게 어울리는 트렌디한 빛깔을 권해주고 모녀는 컬러 선택을 위해 열띤 대화를 시작한다.
"주름진 손에 이런 색이 어울리기나 할까?"

"엄마, 그런 생각 말고 그냥 무조건 예쁜 거 해보세요. 늘 하는 거 아니잖아요. 어느 빛깔이 마음에 들어?"

"난 그냥 오래가는 거. 이거 비싼 거 같은데 오래가야지."

"파마 하러 가서도 오래가는 거 해달라고 하더니, 여기서도 또 그런다. 엄마, 이거 분위기 있다. 어때요? 단풍 진 가을 숲속 같겠어. 여기에 금속 파츠 올리면 정말 예쁠 거 같아요."

"파츠가 뭐야?"

"파츠parts는 '부품'이란 뜻이에요. 다 바른 뒤에 특별한 장식을 파츠로 올리면 진짜 멋지거든요. 나 저번에 리본 모양 올린 거 그게 바로 파츠예요. 자개 같은 스톤도 있어요."

"엄만 음식 해야 하는데 뭐 올리는 건 부담 돼. 그리고 이제 나이 드니까 무거운 게 싫어. 뭐든지 가벼운 게 좋아. 가방도 내가 왜 에코백 드는지 알아? 가벼워서 드는 거야. 손톱은 더더욱 가벼워야지."

"좋아요. 그럼 그라데이션으로 고급스럽고 우아하게 하자."

"그라데이션이 뭐야?"

"한두 가지 색을 자연스럽게 연결하는 거, 그건 부담 안 될 거예요. 빨강이나 황금빛, 이 중엔 어느 게 좋아요?"

"나 황금빛 말고 황금 좋아해."

"엄마, 여기서 왜 또 황금이 나와?"

그렇게 깔깔 웃고 꽁냥꽁냥 엄마와 대화하며 색깔을 선택한다. 부담스럽다던 엄마는 네일이 끝나면 손이 예뻐 보인다며 인생 컬러를 찾았다고 좋아하신다. 파츠는 걸리적거려서 싫다더니 한두 개만 올려볼까, 하며 시도한다.

모녀가 나란히 앉아 도란도란 수다도 떨면서 네일 아트를 받는 그곳은 딸 없는 사람들을 부러움에 사무치게 하는 곳이다. 엄마의 손에 스무 살이 머물게 하는 일, 손톱에 꿈을 칠하는 일은 엄마에게 특급 설렘을 선사한다.

댁의 따님
잠시 빌려주실래요?

리액션의
여왕 되기

엄마와 딸은 감성의 탯줄이 하나 더 엮여 있는 것일까. 유난히 감성이 통하기 때문인지 아들에게 기대하지 않을 일도 딸에게는 감정적으로 의지를 하게 된다. 딸이라고 다 그런 건 아니라고 하지만, 대부분의 딸들은 엄마에게 표현을 잘하는 편이다. 오래된 친구처럼, 7월의 종달새처럼, 쫑알쫑알 대화를 나눈다. 너무 솔직하게 많은 말을 나누다 보니 감성이 송곳이 되어 폐부를 찌르기도 한다. 그러나 또 사과 문자 하나에 스르르 녹아버린다.

모든 인간관계에서 리액션은 아주 중요하다. 인연과 인생이 리액션에 따라 달라질 수 있다. 엄마와 딸 사이에도 리액션은 필요하다. 행복해지려면 엄마는 딸에게, 딸은 엄마에게 리액션의 끝판왕이 돼보는 건 어떨까. 아버지, 오빠, 남동생이 어지간해서는 해주지 않는 말, "아, 맛있어!" 이 리액션 하나로 엄마는 신이 난다. 리액션 한 방에 요리 학원을 몇 년 다닌 효과가 난다.

50대에 들어선 엄마는 갱년기에 장악당한다. 그때는 무엇이든 자기를 알아보고 인정해주는 소리를 들어야 그 기운으로 일어선다.
"오늘 왜 이렇게 예뻐? 요즘 피부 좋아졌는데?"
"엄만 최강 동안이야. 엄마가 아니라 언니로 보일 거야."
"이거 왜 이렇게 맛있어? 엄마 손 금손~."
딸의 리액션에 엄마의 광대가 저절로 승천한다. 인정받고 싶고 사랑받고 싶고 확인받고 싶어 하는 엄마 마음을 딸이 몰라주면 누가 알아줄까.

아들만 있는 엄마들이 가장 부러워하는 장면도 모녀의 다정한 쇼핑 장면이다. 어느 엄마가 아들과 옷을 사러 갔는데 왜 또 입어보냐, 대체 언제면 살 거냐, 아들이 계속 툴툴거려서 결국은 아들을 먼저 보냈다. 그런데 옆에 딸과 함께 옷을 사러 온 엄마가 보였다. 그 딸은 엄마가 옷을 입어볼 때마다 외쳤다.

"우와, 그 옷 정말 잘 어울려요!"

"와, 우리 엄마 진짜 예쁘다!"

딸의 감탄사가 이어지자 아들 가진 엄마가 부러운 듯이 쳐다보다가 자기도 모르게 이런 말이 튀어나왔다.

"댁의 따님 좀 잠시 빌려주실래요?"

방송계에서도 가장 모시고 싶은 예능 게스트는 리액션의 대가들이라고 한다. 방청객처럼 맞장구를 쳐주는 게스트에게 카메라는 자꾸 돌아간다. 투자비는 들지 않지만 걷어 들이는 건 많은 게 바로 리액션이다.

"엄마 보여?"

"뭐가?"

"내 사랑이."

실없는 농담을 하기도 하고 주머니에서 하트를 꺼내 보내기도 하자.

"엄마, 받아. 내 사랑이야."

"그만해" 하면서도 저절로 엄마의 입꼬리가 올라간다.

"우리 엄마 최고!"

자주자주, 아니 습관처럼 엄마에게 '엄지 척'을 해드리자.

이모콘티 아니고 이모티콘이야

엄마에게
이모티콘
선물하기

딸이 시골에 사는 엄마에게 이모티콘을 보냈더니 엄마가 귀엽다며 이게 뭐냐고 물어왔단다.
"이모티콘인데 아직도 이걸 몰라?"
"이모콘티라고? 그런 것도 있어?"
"이모콘티가 아니라 이모티콘!"
"근데 왜 고모티콘이라고 안하고 이모티콘이라고 하는 거지?"
그렇게 딸의 짜증을 촉발하던 엄마가 요즘은 이모티콘을 스

나
엄마 밥 먹었어?
엄마
나
엄마 뭐해?
엄마
나
ㅋㅋ 나도 사랑해~

스로 사서 쓰기도 한단다. 딸이 어쩌다 이모티콘을 선물하면 엄마는 돈 함부로 쓰지 말라고 지금 있는 이모티콘으로도 충분하다고 하면서도 금은보화를 가진 듯이 기뻐한다. 그런 엄마 때문에 딸은 마음이 아리다.

이모티콘을 순수한 우리말로 풀이하면 '그림말'이다. '감정'을 의미하는 영어 'emotion'과 '유사기호'를 의미하는 'icon'이 합쳐져서 '이모티콘'이 되었다. 처음 등장했을 땐 몇 종뿐이던 이모티콘이 이젠 고르기가 힘들 정도로 다양해졌다. 그중에서 귀여운 이모티콘을 골라서 엄마에게 선물해 본다. 이모티콘은, 엄마의 마음 안에 숨어 사는 소녀 감성을 표출할 수 있는 좋은 소재이다. 이모티콘에는 유난히 하트 모양이 많이 등장하고 사랑에 관한 미묘한 감정 표현이 많아서 마음에 드는 이모티콘 하나만 지니고 있어도 카톡창을 열 때 행복해질 수 있다.

엄마들이 좋아하는 이모티콘은 역시 딸 덕후의 이모티콘들이다. 우리 딸이 제일 좋아, 울 강아지가 제일 좋아……. 이렇게 직접적인 설명을 엄마들은 좋아한다. "우리 딸 사랑해~",

"힘내 우리 딸, 밥 먹었어?", "공주 뭐해?" 등등의 글과 그림은 엄마의 마음을 대변해준다.

헬로키티의 '러블리 헬로키티 오늘도 핑크뿀뿀'도 엄마들의 취향 저격이고 '마리프' 이모티콘에 등장하는 보자기 소녀도 귀염귀염하다. 재미있는 것을 좋아한다면 '콩딱쿵! 삼도사투리톡 이모티콘'처럼 동글동글한 글씨체로 적힌 사투리들이 엄마들을 유쾌하게 해준다. 동물을 좋아하는 엄마들에게는 '급하냥? 바쁘냥? 좋냥?', '급하개? 바쁘개? 좋개?', '오! 마이 세숑'을 선물하는 것도 좋다. 애교와 유머가 가득한 이모티콘은 받는 사람을 미소 짓게 한다.

이모티콘을 이모콘티라고 말해서 딸의 짜증을 촉발시킨 그 엄마는 요즘은 컴퓨터의 컨트롤 브이와 컨트롤 씨도 모른다고 또 딸에게 혼났다. 생각해보면 엄마는 딸에게 가나다라를 가르쳐주려고 수백 번 설명해주고, 더하기 빼기를 알려주려고 또 수백 번 가르쳐주었다. 걸음마를 가르쳐주려고 수천 번 알려주고 한 걸음만 떼도 물개박수를 쳐주셨다. 세상 이치를 알려주려고 수천 번이나 얘기해주시는데 딸은 이모티콘이나 컴퓨터 설명 몇 번에 짜증을 낸다.

짜증 대신 예쁜 이모티콘을 엄마에게 선물하자. 어느 딸이 엄마에게 다양하게 바꿔서 써보라고 새 이모티콘을 선물했다고 한다. 그랬더니 엄마가 하는 말.
"네 덕에 나, 이모티콘 부자가 됐어. 다 나 부러워해. 나보고 얼리 답터래."
"아 엄마, 얼리 어답터~!"
"나 한창땐 그런 영어 없었어. 내가 새로 생긴 말들을 다 어떻게 아냐?"
이렇게 당당한 엄마를 딸은 좋아한다. "우리 엄마 정말 못 말려" 말하며 그냥 미소 짓게 된다.

젊음이라는
빛깔 입히기

엄마 머리
염색해주기

어느 날 엄마의 머리에 하얀 눈이 내린 걸 처음 봤을 때 덜컹, 가슴이 내려앉았다. 엄마의 흰머리 중에 몇 개가 나의 몫일까 생각하면 죄송한 마음에 눈 밑이 젖는다. 푸석푸석하고 힘없는 머리에 생명을 불어넣는 일은 헤어 디자이너만 할 수 있는 걸까. 딸을 가진 보람을 한껏 느낄 수 있게 한번은 엄마 머리를 딸이 염색해드려 본다.

엄마에게 어울리는 흰머리용 염색약을 준비하고 전날 머리를 감지 말라고 부탁해둔다. 머리에 남아 있는 유분이 염색약을 잘 스며들게 하기 때문이다. 염색하기 전날에는 린스나 트리트먼트를 쓰지 않도록 말씀드리고 드디어 디데이! 염색 준비를 한 뒤, 라디오나 음악을 틀어놓는다. 염색하기 전 골고루 머리를 빗어드린다. 머리카락이 닿는 경계선이나 귓가, 목 등에 바세린을 발라두는 것도 잊지 말자. 염색 중에 피부에 물이 들었다고 해도 바세린을 발라두면 잘 지워진다.

엄마의 두피도 나이만큼이나 세월을 보냈기에 더 신경을 써야 한다. 염색 전에는 두피에 보호제를 바른다. 헤어 토너가 없으면 물에 희석시킨 허브라도 우선 뿌리고 난 뒤 10분 정도 지나서 염색하기 시작한다. 머리카락을 4등분으로 나눠서 핀으로 고정시키고 꼼꼼히 뒷부분부터 시작해 앞쪽으로 발라온다. 앞쪽은 열이 많아 염색약이 잘 스며들기 때문에 맨 나중에 바르는 것이 좋다.

"엄마, 파마나 염색 과정은 눈에 보이지 않아서 잠깐 방심하면 모발이 손상될 수 있어요. 염색할 땐 시간이 굉장히 중요해요. 오래하면 좋을 거라고 생각하면 안 돼요. 오늘은 제가 해드리지만, 엄마 혼자 하는 날은 신경 써서 하세요. 오래 하면 색이 점점 어두워지고 두피와 머릿결에 안 좋거든요. 알람 맞춰놓고 염색약에 쓰여 있는 시간을 엄수하는 게 좋아요."

염색물이 드는 동안 엄마와 헤어 관련 정보를 공유한다. 오늘은 딸의 잔소리도 달콤하게 들리는지 엄마는 계속 방실거린다.

"엄마는 머릿결이 굉장히 푸석거리고 힘이 없어서 트리트먼트 잘 해주셔야 해요. 염색한 뒤 뜨거운 물로 헹구면 큐티클 층이 벌어져서 염색한 게 빠져버리니까 미지근한 물로 여러 번 헹궈야 해요. 오늘은 제가 감겨드릴게요."

염색을 마친 엄마는 한층 더 젊어져 있다. 딸의 손길이 닿기만 하면 이렇게 엄마의 모든 곳을 빛나게 한다.

"우리 딸 없었으면 어쩔 뻔 했어."

엄마에게 딸은, 영혼의 위안자다.

엄마도 추억 속 소녀였단다

엄 마 의
추 억 의 장 소
같 이 가 기

엄마도 마냥 설레 하던 소녀였다. 좋아하는 남자를 보면 심쿵하고, 별만 봐도 설레서 잠 못 이루고, 미지의 세계에 막연한 그리움을 품던 소녀였다.

영화 〈위대한 유산Great Expectations〉에서 에스텔라가 소녀 시절의 아픔이 있는 갈매기 끼룩거리는 고향 바닷가로 가듯이, 〈노트북The Notebook〉에서 앨리가 소녀 시절의 그리움이 있는 백조들이 가득한 호수를 사랑하는 사람과 보트를 저어서 가듯이 엄마도 소녀 시절 혹은 미혼 시절, 추억의 대상이나 장소가 있을 수 있다.

"엄마, 옛날 추억의 장소 없어요?"
"국민학교 다닐 때 살았던 동네 가보고 싶은데, 다 헐렸대."
"그럼 가보고 싶은 곳 없어? 엄마가 보여주고 싶은 곳, 궁금한 곳."
"미혼 때 잠깐 아르바이트했던 옷가게가 있는데 아직도 있는지 문득문득 궁금할 때가 있어."
"그럼 오늘 거기로 가보자, 엄마."

엄마의 추억이 스민 그곳으로 가서 이런저런 이야기를 나눠본다. 엄마는 빛났던 젊은 시절의 자신을 호출해내고는 그리움에 젖어 이런저런 이야기를 할 것이다.
"여기서 일할 때 진짜 인기 많았어. 이 가게 바로 옆에 식당이 있었는데 거기서 내가 밥을 못 먹었어. 나 소개해달라고 식당 주인한테 조르던 총각들이 줄을 섰대. 내가 소싯적에 남자깨나 울렸거든."
"그럼 아빠는 럭키 가이였네?"

"아빠가 그 남자들이랑 치고 박고 싸우고 막 그랬어. 이 옷 가게 보니까 그때 생각이 나네. 그때 내가 네 아빠 외모만 보고 선택한 건데, 성격도 봤어야 했는데 말야."

"그러게 말이에요. 다시 옛날로 돌아가서 선택한다면 그러면 엄마, 아빠 선택 안 할 거예요?"

"그러면 너를 못 낳을 거잖아. 그래서 아빠를 또 선택해야지. 너 같은 딸 놓치면 안 되니까."

"엄마 최고!"

엄마에게 추억의 장소는 두 종류일 것이다. 하나는 옛날 인기가 많았다는 류의 자랑거리, 또 하나는 얼마나 고생하고 살았는지에 대한 고난의 히스토리. 두 가지 다 들으면 어떤가. 엄마의 추억의 장소에 펍이 있다면 들러서 엄마와 한잔하면서 긴 이야기를 들어드린다. 엄마가 눈시울 붉어지면 같이 눈시울 젖고 엄마가 하하 웃으면 같이 깔깔 웃어주면서 이야기에 한껏 몰입해드리자.

인생이 5kg만큼 달라졌어요

엄마와 같이
다이어트
하기

딸에게 엄마가 가장 멋지게 해줄 수 있는 선물은? 오래오래 건강하고 당당하게 사는 모습을 보여주는 것 아닐까. 재산을 물려주는 일은 얼마 동안은 딸의 기분을 밝게 해줄지는 몰라도 평생 마음에 빛을 뿌려줄 수는 없다. 엄마처럼 딸도 2세에게 물질적인 무언가를 물려주는 일에 매달리며 살게 되기 쉽기 때문이다. 그러나 건강하고 밝게 살아가는 엄마의 모습은 딸의 인생에 그대로 투영이 된다.

건강에 자신이 없으면 사는 것 자체에 자신감을 잃고 멘탈의 근본이 흔들린다. 반대로 건강에 자신이 붙은 사람은 빛이 난다. 40대 후반부터 많은 엄마들은 이제 자기 몸이 자기 것이 아니라는 현실을 깨닫고 여럿이 같이 운동하는 시설에 등록하거나 걷기 운동을 본격적으로 시작하기도 한다. 운동은 중년을 맞이한 몸에 대한 예의이기도 하다.

건강과 다이어트는 같은 선상에 있다. 살이 찌면 각종 질병이 나타나기 시작하기 때문에 외모뿐 아니라 건강을 위해서도 다이어트는 1년 내내 하는 것이 옳다. 모녀가 함께 건강도 챙기고 다이어트도 한다면 시너지 효과가 나타난다. 다이어트는 같이해주는 동반자나 응원해주는 지지자가 옆에 있을 때 성공하기 쉽다. 그 대상이 바로 엄마요 딸이라면 성공의 문 앞에 서 있는 것이다.

엄마의 문제는, 음식을 먹어도 먹어도 금방 허기가 지는 것이다. 허기가 지는 건, 위장이 비어서가 아니라 마음이 공허하기 때문이다. 그런 만큼 달달함의 유혹에도 넘어가기 쉽다. 살이 찌면 피곤하고 무기력해지고 옷을 입을 때마다 늘

어난 치수에 짜증이 늘어난다. 악순환의 반복이다. 다이어트가 필요함을 엄마도 안다. 그러나 삶에 지친 엄마는 반복적으로 다이어트를 할 기력이 남아 있지 않다. 그 옆에서 엄마를 도우면서 딸도 함께 다이어트를 하자.

다이어트와 건강, 두 마리 토끼를 잡기 위해서는 세 가지가 필요하다. 첫째, 슬기로운 식사 생활이다. 다이어트의 핵심은 탄수화물과 친하게 지내지 않는 것이다. 디저트의 유혹은 또 얼마나 찬란한가. 그러나 유혹을 참는 일은 처음이 힘들지 한번 잘 길들이면 인내 자체가 일상의 기쁨이 된다.
아침에 채소를 많이 먹고 나면 그 후에 먹는 음식은 덜 먹게 되고, 몸속에서 배고프다고 뭘 좀 먹으라며 징징대지 않는 체질로 바뀐다. 다이어트를 원한다면 싱그런 채소를 자주 먹고 두부, 계란, 고구마, 양파, 파프리카 등을 늘 가까이 하고 빵이나 떡, 당의 유혹은 현미로 달래는 것이 어떨까 싶다. 떡이 너무나 먹고 싶다면, 단것이 너무나 당긴다면, 현미로 절편을 만들어서 꿀을 조금씩 찍어서 먹는 걸로 달랜다면 훨씬 나아질 것이다.

뱃속에서 꼬르르륵 소리가 날 때, 우리 몸은 청소를 하는 중이라고 한다. 그때 바로 하는 식사는 청소 중인 방에 물건을 마구잡이로 넣어버리는 셈이다. 꼬르르륵 소리는, 장수 유전자가 내는 소리라지 않는가. 배고픈 상황을 즐기는 감정적인 유희도 다이어트에 필요하다.

둘째는, 치열한 운동 생활이다. 다이어트의 핵심은 그냥 더하기 빼기라고 본다. 쓰는 열량보다 집어넣는 음식이 많으면 몸의 무게가 늘어나고 반대로 집어넣는 음식보다 쓰는 열량이 많으면 줄어들기 마련이다. 엄마는 많이 걸어서 작은 근육들을 만들고, 딸은 격한 운동도 불사해 큰 근육을 만든다면 그 근육들이 병으로 가는 길을 막아주는 방위병 역할을 해낼 것이다.
혼자 하는 운동은 참 외롭다. 그 고독감마저도 찬란한 결과를 생각하며 즐겨야 하지만, 모녀가 같이한다면 훨씬 덜 외로울 것이다. 스쿼트와 푸시업을 해도 상대가 몇 개째인지 세어주면서 번갈아 하면 훨씬 힘이 난다.

셋째, 행복한 수면 생활이다. 몸이 힘을 내려면 호르몬의 도움을 받아야 하는데 치유의 호르몬인 멜라토닌을 잘 활용해야 한다. 멜라토닌은 주위의 불을 다 끄고 깜깜한 상태에서 잠을 푹 잘 때 우리 몸에서 생성되는 호르몬이다. 일정 시간 잠을 푹 자야 멜라토닌이 분비되어 몸속 좋지 않은 요소들을 치유해주고 다시 새롭게 힘을 낼 수 있게 준비시켜준다. 그래서 다이어트 하는 사람은, 잠을 잘 자야 한다는 말이 나오는 것이다.

나도 이 세 가지를 실행하려고 노력하지만 중간중간 허물어질 때가 있다. 꾸준히 운동하고 늘 절식하는 사람들이 아름다워 보이고 부럽다.

다이어트에 성공한 사람들은 저마다 살이 빠지자 기적이 일어나기 시작했다고 한다. 5kg을 빼면 5kg의 기적이 일어난다나. 건강한 모녀가 환하게 웃으며 걸어가는 모습은, 그 어떤 풍경화보다 생동감 넘치고 아름답다.

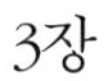

3장

우리가 나란히 바라본 세계는 좀 더 빛났다

이 책에
하트가 들어 있어요

엄 마 에 게
책
선 물 하 기

책으로 많은 것을 느끼고 깨달은, 소위 책의 은총을 받은 엄마일수록 딸에게 책을 권한다. 책 속에 지식과 지혜의 광맥이 들어 있음을 알기 때문이다. 하나의 작품에는 한 작가의 인생과 체험이 오롯이 들어 있다. 책을 한 권 사서 읽는다는 것은 그 작가의 인생과 체험을 내 것으로 만드는 일이다. 그 기쁨을 아는 엄마는 사랑하는 딸에게도 같은 행복을 주고 싶다.

인생의 길을 알려주는 고전 명작을 모녀가 같이 읽었으면 한다. 시간의 세례를 받고도 고전이 사랑받는 데는 이유가 있다. 책 한 권을 읽고 나면 인생이 달라지는 경험을 엄마와 딸이 공유하는 것이다.

톨스토이의 『전쟁과 평화』, 『안나 카레니나』를, 샬롯 브론테의 『제인 에어』를, 레마르크의 『개선문』을 함께 읽어보자. 고전 명작을 그저 옛날 책으로 치부해버리기 쉬운데 요즘 세상을 살아가는 게 힘들다면 고전 속의 인물들에게 해답을 물어볼 수 있다.

책은 젊은이들의 고뇌에 대한 대답을 들려준다. 세상은 흘러가니까 순간을 즐기라고, 그냥 춤을 추라고. '고전을 읽어야 인생 고전하지 않는다'는 말이 괜히 있는 게 아니다. 슬픔이나 고통을 견뎌낼 수 있는 '감성 근육'이 생긴다. 그 힘으로 더 강해지고 단단해질 수 있다.

고전과 더불어 요즘 나온 책도 엄마에게 권해보자. 책장을 넘기며 책을 읽는 모습도 아름답지만 오디오북도 우릴 행복하게 해줄 수 있다. 인공지능 기술이 탑재된 스피커가 책을 읽어주는데 오디오 콘텐츠와 인공지능이 얼마나 찰떡궁합인지 모른다.

그런 의미에서 엄마에게 고전과 교차로 요즘 트렌드를 담은 책을 선물해보면 어떨까. 책장 사이 내 마음과 같은 하트 모양의 스티커를 넣어드리자. 마지막 장을 덮은 엄마에게 데이트 신청을 하자. 그리고 차 한잔 앞에 놓고 서로 읽은 책에 대한 이야기를 나눠보는 거다. 책을 읽고 토론하는 모녀라니, 얼마나 근사한가!

감성 공유의 창을 열고

노래 플레이리스트 공유하기

엄마는 딸이 요즘 듣는 노래가 궁금하다. 딸은 엄마가 요즘 듣는 노래가 별로 궁금하지 않다. 엄마는 항상 딸을 생각한다. 딸은 아주 가끔 엄마를 생각한다. 그게 진리요, 이치다. 언젠가 딸이 엄마가 되면 이 위치는 바뀐다.

"제가 요즘 플레이리스트에 넣어놓고 듣는 노래들인데 엄마도 한번 들어보시겠어요?"
딸이 공유해준 노래들이 엄마에게는 세상에서 가장 빛나는

플레이리스트가 된다. 딸이 듣는 노래의 가사들도 전부 시처럼 닿아온다. 이 노래를 들으며 우리 딸이 피로를 풀고 위안을 받았구나, 생각하면 딸의 최애곡이 곧 엄마의 애정곡이 된다. 딸이 길가를 오갈 때 듣는 노래라 귀하고, 딸이 샤워할 때 듣는 노래라 소중하다. 여행지에 갈 때 듣는 노래 목록에도 딸의 플레이리스트에 오른 곡들을 넣는다. 딸이 애정하는 노래라는 사실만으로도 엄마의 달팽이관을 녹일 수 있다.

"엄마, 노래만이 제 위안이에요. 음악은 변하지 않고 저를 위로해주고 저를 두고 달아나지도 않네요. 이 노래를 들으면서 펑펑 울었어요. 코스모스 꽃밭에서 이 노래가 울려 퍼지면 어떨까도 생각했어요. 낙엽 지는 길에서 이 노래를 들으면 어떨까 상상만 해도 좋아요. 이 계절의 멋진 '득템'은 바로 이 노래예요."

딸이 소개하는 노래들은 엄마의 가슴으로 전달된다. 엄마와 딸의 감성은 탯줄에서부터 연결되어 있으니 음악적 감성도 통하는 것은 당연하다.

우울할 때 듣는 노래, 드라이브 할 때 듣는 노래, 겨울에 가을에 여름에 봄에 듣기 좋은 노래, 명절 때 고속도로에서 들으면 좋은 노래, 차 안에서 따라 부르고 싶을 때 듣는 노래 등……. 딸이 추천하는 노래들을 들으면, 언제나 딸이 곁에 있어주는 느낌이라 더 소중하다.

음악의 힘이란 대단하다. 음악이 세상의 진정한 권력자라는 생각도 든다. 독일의 위대한 사상가인 엥겔스도 젊은 시절 실연당했을 때 벽에 금이 가도록 음악을 크게 틀어놓고 들으며 좌절감에서 헤어 나왔다고 한다.

이 힘든 세상에서 딸이 기대어 버틸 힘을 주는 음악, 그 음악이 고마워 엄마는 눈물이 날 때가 있다. 감성도 체력도 20대와 30대의 차이가 있는데 음악만큼은 세대를 건너뛰게 해준다. 딸을 둔 엄마들의 감성이 녹슬지 않는 건, 딸이 음악과 문화의 감수성을 엄마와 종종 공유하기 때문이 아닐까.

노래방에서
엄마와 콘서트를

엄 마 와
노 래 방
가 기

엄마와 노래방에 간 적이 있다. 그때 엄마가 불렀던 노래가 지금도 귓가에 맴돈다. 청아한 목소리로 노래하는 엄마 앞에서 나는 덩실덩실 춤을 추곤 했다. 엄마는 얼굴이 환해지며 "아이고, 잘 추네" 하면서 웃음 지으셨다. 엄마의 웃는 모습이 보고 싶어서 두 팔을 크게 휘저으며 춤을 췄다.

엄마가 돌아가신지 몇 해가 흘렀지만 엄마의 목소리, 노래, 그 시간의 추억에 가슴이 출렁인다. 때때로 딸은 그 노래를 부른다. 노래방에 같이 간 날 엄마가 부른 노래는 딸에게, 딸이 부른 노래는 엄마에게 잊을 수 없는 불후의 명곡들이 된다. 가끔은 엄마와 노래방에 같이 가보기를, 그곳에서 엄마의 콘서트를 열어주는 것도 좋겠다.

언젠가 엄마가 이 세상에 계시지 않는 순간이 누구에게든 예외 없이 찾아온다. 느닷없이 닥칠 수도 있다. 나에게도 그렇게 그날이 왔다. 엄마가 그리운 날, 노래방에서 엄마가 불렀던 노랫소리를 녹음해놓은 걸 들어본다. 그때 행복해하던 엄마의 얼굴이 떠오르며 눈시울이 뜨거워진다.

얼마 전에는 우리 자매들이 휴대폰에 녹음된 엄마의 노랫소리를 듣다가 누가 먼저랄 것도 없이 눈물 폭탄이 터진 적이 있었다. 엄마를 향한 그리움의 둑이 무너져 내려 "엄마, 엄마……" 부르며 아이처럼 울었다.

노래하는 엄마를 보며 엄마의 감성 세포가 아직 죽지 않았다는 것을 깨닫게 됐던 시간, 대단한 이벤트는 아니었지만 엄마와 노래방에 갔던 그 시간을 잊을 수 없다.

모녀 방청객이
외치는 함성

엄마와
콘서트
가기

엄마와 못 해본 일들을 꼽다 보니 기억 하나가 명치끝에 걸린다. 가슴을 탁, 탁, 치며 또 한 번 "엄마…… 엄마……" 하는 목소리가 터져 나온다.

그날, 엄마가 좋아하는 가수 패티 김의 공연 티켓을 예매하고 설레 하며 공연장에 갔다. 아버지도 함께였다. 공연 시작 전 로비는 사람들로 가득했는데 엄마가 갑자기 어지러워 하셨다.

엄마는 공연장을 공항으로 착각하고 제주도로 가는 비행기 편을 물었다. 엄마의 기억 회로에 문제가 생기기 시작한 날이었다. 결국 공연장에 들어가지 못하고 집으로 와야 했다. 엄마의 어지럼증이 심해졌기 때문이었다.

엄마는 반드시 괜찮아지실 거라고, 그러면 그때 다시 가야겠다고 생각했다. 엄마가 좋아하는 가수의 공연은 무조건 예매하고 다시 손을 잡고 가면 될 거라고 생각했다. 그런데…… 늦어버렸다. 그 후로 엄마와 공연을 가는 일을 다시는 할 수 없었다.

엄마와 함께하고 싶었던 일을 뒤로 미룰 수만은 없다. 엄마가 기다려주지 않으니까. 세월이 기다려주지 않으니까. 나중에는 이런 후회만 남는다. 좀 더 일찍 할 걸, 그때 바로 할 걸……. 진정으로 서둘러야 할 일은 서두르지 못하고 엉뚱한 일만 서둘렀다. 다른 사람들에게 잘하느라 우리 엄마를 외롭게 했다.

엄마들에게도 오빠들이 있었다. "오퐈~" 하고 외치던 스타

오빠가. 엄마의 그 시절을 찾아주기 위해 같이 공연장에 가보자. 더 늦기 전에, 하루라도 빨리. 사실 그 어떤 일보다 엄마와 추억을 만드는 일이 시급하다는 것을 시간이 지나서야 우리는 알게 된다.

엄마가 팬인 가수의 공연도 좋지만, 즐겨보는 방송 콘서트를 같이 가는 것도 좋아하실 만하다. 해당 프로그램 홈페이지에 '엄마와 모처럼 함께하는 방청'이라는 제목으로 신청글을 쓰는 것이 첫걸음이다.

방청일이 다가오면 엄마와 최상의 멋을 내본다. 그리고 서로 눈에 하트를 장착한 채 손을 꼭 잡고 공연장으로 간다. 공연장에 들어서면 엄마의 달라진 모습에 딸이 놀랄지도 모른다. 좋아하는 가수라도 나오면 엄마는 이성을 잃고 "오퐈~ 오퐈~!" 소리칠지도 모른다. 가능하면 망원경도 가져가서 엄마에게 중간중간 보여주기도 하고, 엄마가 좋아하는 가수가 등장하면 함께 소리도 질러준다.

공연을 보고 돌아오는 길에는 오늘 본 공연에 대해서 끝없는 수다가 이어질 테다. 과거의 추억도 소환하게 될 것이다.
"엄마, 나 중2 때 엑소 공연 어지간히 보러 다녔잖아. 그때 야단치지 않고 도와줘서 엄마 생각하며 버틸 수 있었거든. 정말 고마웠어요."
"사실 나도 그때 너한테 잔소리를 하고 싶었는데 문득 이 상황 어디선가 본 거 같다는 생각이 들더라. 생각해보니 바로 예전의 내 모습이었거든. 그때 전영록을 엄청 쫓아다녔는데 외할머니가 그러셨어. '너도 꼭 너 닮은 딸 하나 낳아봐야 지금 엄마 속을 알 거다'라고……. 그 생각이 나서 별말 안 하고 입 다물었던 거야."

이런저런 얘기를 하다 보면 최근의 힘든 상황도 털어놓게 된다.
"나 요즘 회사에서 진짜 독하게 구는 사람이 있어서 힘들었거든요. 근데 오늘 소리치며 스트레스 다 풀었어요."
"착한 너한테 독하게 할 게 뭐 있다고 그 사람도 참. 계속 독하게 굴어오면 그냥 지독하게 잘해줘버려. 그러면 풀려가게 돼 있어."

평소 같으면 왜 뻔한 얘기를 하냐고 퉁명스럽게 말하던 딸도 공연을 보고 난 후엔 웃으며 받아들이는 신비한 힘이 생겨난다. 한 무대를 보며 같이 박수치고 환호하다 나오면 유대감이 끈끈해질 수밖에 없으니까.

인간의 몸이 보여주는 메시지

엄마와
발레 공연
보기

오페라나 뮤지컬, 연극도 좋지만 단 한 편의 근사한 공연을 엄마와 함께 볼 수 있다면 단연코 발레 공연을 추천한다. 현장에서 오케스트라의 음악을 라이브로 듣고 발레를 보며 스토리도 즐길 수 있기 때문이다. 모든 공연이 그렇듯이 처음 보는 공연이 매우 중요하다.

내가 처음으로 본 무용 공연은 문훈숙이 출연했던 〈백조의 호수〉였다. 감동을 받은 나는 이후 무용 공연을 종종 보러

다녔는데 2004년 세종문화회관에서 본 〈오네긴〉 무대에 완전히 압도당하고 말았다. 슈투트가르트 발레단의 공연이었고 오네긴 역은 발레리나 강수진이 맡았다. 내가 객석에 있다는 것조차 잊을 정도로 완전히 몰입한 채 바라봤다. 아름다움의 최고봉을 거기서 보았다.

강수진은 날아올랐다. 어깨에 날갯죽지가 있을 것만 같았다. 그녀는 선녀였다. 지구로 파견된 선녀. 그 선녀는 지구인들에게 힘내서 살라고, 노력하면 할 수 있다고 발레로 힘껏 메시지를 던져주었다. 눈물이 났다.

강수진은 슈투트가르트 발레단에 입단한 후 몇 년을, 독무는커녕 군무에도 끼지 못했다. 독일의 어둔 지하방에 살면서 한국 책을 보고 피자를 시켜먹으며 버텼다. 고독감과 스트레스로 살이 10kg 쪘을 때 그녀는 선택을 해야 했다. 자기와의 싸움을 시작하느냐, 아니면 포기하느냐. 그녀가 선택한 것은 치열한 시간이었고 그 시간은 행복한 결과를 안겨주었다.

예술은 삶을 표현하는 연장선이다. 아름다움을 꽃피우는 무용수들이 토슈즈를 신고 빙그르르 돌고 날아다니며 춤을 통해 대사를 풀어낸다. 하루 평균 세 켤레의 토슈즈를 버릴 정도인 지독한 연습 벌레들의 결과물을 우리는 감상만 하면 된다. 팽이처럼 끊임없는 회전을 멋지게 해내지만 이는 마법이 아니라 물리학을 응용한 연습의 결과라고 한다.

나는 드라마에서 중요한 테마를 전달할 때 발레 장면을 도입해 감정의 고조를 표현하기도 한다. 인간 감정의 극한과 인내를 드러낼 때 발레만큼 이를 잘 전달해주는 장면도 드물기 때문이다.

무용수가 처음 출발한 한 지점만을 바라보고 뇌에 전달될 시각 정보를 최소화하며 수십 바퀴를 도는 걸 보면 눈물이 핑 돈다. 백조가 수면 아래에서 수없이 발짓하는 것처럼 얼마나 치열하게 연습했을까. 그 노력으로 무대 위 아름다운 동작이 완성되는 것이다.

새들이 하늘을 날아오르는 것처럼 가뿐가뿐 솟아오르는 동작들, 오로지 음악에 기대어 대사 없이 스토리를 펼쳐내는 무대의 환희……. 몸으로 구현한 예술은 다른 예술과는 또 다른 카타르시스를 안겨준다. 살을 찢는 듯한 고통의 시간을 인내하여 마침내 극에 이르는 과정을 겪어냈기 때문이다. 그리스 시대부터 체력의 단련이 우선돼야 사회의 덕이나 공동선이 완성된다고 했는데 발레야말로 몸의 예술이 얼마나 큰 감동을 주는지 경험하게 해준다.

엄마와 발레 공연을 보고 오는 길, 마음은 뿌듯함으로 채워질 것이다. 아름다움을 보는 일, 미학을 접하는 일, 그 희열은 엄마와 딸의 혈관을 타고 통할 것이기에.

어른이라고
다 옳은 건 아니거든요?

엄마와
멜로 영화 보고
대화하기

엄마가 돌아가신 후, 후회되는 일이 또 하나 있다. 함께 영화를 본 적이 없다는 것이다. 아버지와는 영화도 보고 극장에서 나와 맛있는 것도 먹고 그랬는데 왜 엄마와는 극장에 한 번도 같이 못 갔을까. 아주 사소한 일이어서 더 후회가 된다. 신이 이곳으로 엄마에게 휴가를 일주일 정도라도 보내준다면 하루는 영화를 보고 끝나면 맛있는 음식을 사드리는 극장 데이트를 하고 싶다.

엄마가 좋아하는 멜로 영화를 보고 나서 사랑과 결혼에 대해 이야기해보자. 최신 개봉작이 아닌, 오래 전 영화를 같이 보는 것도 좋다. 예를 들면, 2009년 개봉했던 〈뉴욕은 언제나 사랑 중The Accidental Husband〉 같은 류의 영화 말이다. 결혼에 대한 이야기를 나누기에 좋은 영화들은 잘 골라보면 많다.

〈뉴욕은 언제나 사랑 중〉에는 라디오 진행자이자 '러브 닥터'로 불리며 연애 상담을 해주는 엠마(우마 서먼)와, 로맨틱하고 자상한 출판사 경영인 리처드(콜린 퍼스)가 연인 사이로 나온다. 그들은 결혼을 앞두고 있다. 엠마는 방송 진행 중 소피아라는 청취자의 고민을 듣는데 상담의 내용이 이것이다.

> "결혼하려는 남자가 있는데 좀 망설여져요, 어떻게 할까요?"

그러자 엠마는 소피아에게 이렇게 충고한다.

> "다음 네 가지를 체크해보세요. 첫째, 책임감이 있는

지, 둘째, 나와 정말 맞는지, 셋째, 성숙한지, 넷째, 서로 마음이 통하는지. 누군가에게 간택당하려 하지 말고 누군가를 선택하기 위해 스스로 찾아보세요. 철없는 남자는 버리고 어른스런 남자를 만나세요. 결혼한 사람들의 43%는 이혼해요. 그래서 잘 선택해야 해요."

그러자 소피아는 대답한다. 결혼 약속을 깨려니 두렵다고. 엠마는 다시 조언한다.

"외로운 게 두려우세요? 외로움보다 더 두려운 게 뭔지 아세요? 평생 엉뚱한 사람을 옆에 두고 사는 거예요. 마음 깊은 곳에서 시키는 대로 하세요."

이 영화에서 엠마의 아버지는 쿨한 태도로 인생의 이치를 얘기한다.

"나도 아닌 짝을 만나서 여러 번 고생한 뒤에 진짜 짝을 만났어. 괜찮아. 꼭 정답일 필요는 없어. 실수 좀 해도 괜찮아."

THE *accidental* HUSBAND

엠마의 아버지처럼만 이 세상 부모들이 쿨하다면 자녀와 싸울 이유도, 갈등을 겪을 필요도 없을 것이다. 그런데 현실의 부모는 그렇지 않다. 엄마들의 입에서 나오는 잔소리는 한결같이 "빨리 결혼해라"이고 모녀의 극한 갈등의 대부분은 거의 결혼 문제를 두고 벌어진다고 한다. 엄마는 딸에게 보호자 자리를 넘겨줄 누군가를 찾아야 마음을 놓는다. 자식에게 짝을 찾아주는 일을 인생의 마지막 숙제라고 생각하는 것이다.

결혼 상대에 대한 가치관의 차이로 부딪치기도 한다. 짝에 따라 인생이 달라지는 시대를 살아온 부모는 결혼 상대에게서 덕을 보려는 마음이 작용한다. 그러나 요즘 딸들은 상대에게서 덕을 보기보다는 도란도란 얘기가 잘 통하는 사람, 손잡고 여행 가기 좋은 사람을 원한다. 함께 성장하며 살아갈 사람, 혹은 내가 성장하는 동안 옆에서 잘 받쳐줄 사람이 좋은 것이다. 성공은 내가 하면 되지, 굳이 배우자에게 기대어 살려는 마음이 없다 보니 부모의 가치관과 충돌하곤 한다.

엄마는 "난 젊어봤다. 넌 늙어봤어?"라고 하지만 딸은 "엄마가 옛날에 젊은 시절 보냈지, 지금 젊은 시절 보내본 건 아니잖아"라고 반론을 펼친다. 이렇게 결혼에 대한 가치관이 부딪치는 모녀 사이라면, 다정히 멜로 영화를 한 편 보면 어떨까. 영화를 보고 난 후 커피숍에서 이야기를 나눠보는 건 어떨까.

사랑에 대한 이야기, 결혼에 대한 이야기를 나누다 보면 따뜻한 커피가 어느새 식어 있기도 할 것이다. 말이 오가다 눈물을 찍어낼 일이 있을지도 모른다. 그래도 한번쯤은 꼭 결혼에 대한 이야기를 나눠보기를. 함께 본 영화의 대사나 상황이 서로의 가치관을 좁히는 역할을 톡톡히 해줄 것이다.

모녀 사이는 '필feel통' 사이

엄마와
집 인테리어
바꾸기

어느 날 엄마에게 제안한다.

"우리, 같이 집 인테리어 바꿔봐요."

"뭘 바꾸고 싶어서?"

"색을 좀 통일해봐요. 우리 집은 빛깔이 너무 통일이 안 된 거 같아. 제가 샘플 보여줄게요."

딸은 휴대폰에 저장해놓은 심플한 인테리어 이미지들을 보여준다.

"엄마가 점점 심플한 게 좋다고 하셨죠? 여기 이 벽 하나를 정리해서 비워두면 어떨까요? 흰색 띠벽지를 붙이고 포인트를 하나쯤 두는 거예요. 아빠가 식물 좋아하시니까 진녹색을 포인트로 식물 액자를 걸어봐요. 아, 유칼립투스 액자 어때요? 잎사귀도 초록색으로 예쁘고 선명하니까요."

그렇게 시작한 인테리어 바꾸기. 엄마와 딸은 서로 필이 통함을 느낀다. 이른바 '필feel통' 사이다. 딸이 태어날 때부터, 아니 뱃속에 있을 때부터 모든 걸 공유했으니 당연한 일이다. 디테일 면에서 서로 갈등은 나타날 수 있다. 인테리어 장식에 쓰이는 소재를 가지고 한참 수다도 떨 수도 있을 것이다.

"유칼립투스Eucalyptus는 그리스어 '아름답다'와 '덮인다'의 합성어로 꽃의 모양에서 유래한 말이래요. 호주에서는 바쁘게 뛰어다니는 사람을 캥거루라고 부르고, 게으른 사람을 코알라라고 불러요. 코알라는 하루에 스무 시간 이상을 자거든요. 눈 떠 있는 순간은 알코올 나무라고 하는 유칼립투스를 먹고 있을 때, 그때만 잠에서 깬대요."

녹색에 흰색이나 회색을 더하면 상큼한 세련미가 느껴진다. 아니면 크리스마스가 연상되는 빨간색 포인트나 바다빛의 푸른색은 어떨까. 집 안의 포인트 색을 정해서 쿠션이나 탁자 받침, 우산꽂이 등에 활용할 수 있다. 모녀가 구상한 대로 집을 꾸미는 과정 자체가 재미있고 이를 엄마와 함께 SNS에 올리는 것도 좋겠다.

요즘 인테리어 트렌드는 공간을 많이 차지하지 않는 벽 트리나 벽 전시가 인기인 듯하다. 벽 하나를 과감하게 비우고 난 뒤 전시 공간으로 꾸미는 것이다. 가족의 역사가 담긴 사진들을 걸어두면 집을 방문한 손님들이 전시 작품 구경하듯이 가족의 역사를 보게 된다. 집 안 색상만 조화롭게 맞춰도 분위기는 확 살아난다. 크리스마스 때라면 어릴 적 입었던 핑크색 옷으로 만든 큰 리본 하나로도 집 안에 생기가 생긴다.

우리 집 인테리어 꾸미기는 계절이 바뀌려 할 때 지난 계절의 권태를 몰아내기에 좋다. 엄마와 딸이 함께 시도하는 우리 집 인테리어 꾸미기는 모녀의 '꿀케미'를 보여줄 수 있는 '꿀잼' 이벤트이다.

엄마, R이랑 L 발음 다시 해봐요

엄마에게
외국어
알려주기

엄마 세대는 사실 영어에 주눅이 들어 있는 세대다. 영어를 잘하면 상류층인 거 같고, 못하면 하류층이 된 듯이 여겨진다는 사람도 보았다. 그러나 당당할 필요가 있다. 우리말을 잘 모르면 창피할 수 있지만 영어는 못할 수도 있다. 특히 해외에선 더 당당할 필요가 있다. 딸이 엄마에게 영어회화를 가르치는 것은 언어도 언어지만, 당당함을 가르쳐주는 것이다.

oh, yes!
overthere!
Do you Know
where I can get a taxi?

어느 모녀가 함께 간 유럽 여행의 후일담을 들은 적이 있다. 유럽의 어느 호텔에 도착했을 때 분명히 예약했는데 예약이 안 돼 있다며 비싼 방밖에 없다고 하더란다. 말끔한 차림새의 호텔 직원이 풍기는 느낌에 압도당한 엄마는 바로 딸에게 말한다.

"얘, 뭔가 잘못됐나 보다. 우리 돈 좀 더 주고 저 비싼 방에 자자. 연휴라 다른 방이 없다잖니."

그러나 딸은 엄마를 뒤로 밀고 앞으로 한발짝 나서더니 눈빛을 반짝이며 직원에게 따졌다.

"저는 분명히 예약을 했어요. 여기 핸드폰에 예약 완료된 화면 캡처도 해놓았어요. 당신네가 잘못한 거예요. 우린 예약한 방에 묵어야 합니다."

그래도 직원은 정말 방이 없다며 비싼 방밖에 남아 있지 않다고, 예약 기록이 없다고 잡아뗐다. 딸은 한층 엄숙해진 목소리로 그 직원에게 사과를 해야 한다며 진지하게 주장을 펼쳤다. 영어를 잘하는 것은 아니었지만, 짧은 영어로 당당하게 설명했다. 결국 매니저가 달려와서 그 비싼 방이라는 곳을 대신 내주었다. 그리고 사과의 의미로 다음 날 아침, 풍

요로운 조식을 선물해주었다.

해외에 가서는 더 당당해야 하고, 기본적인 주장을 할 때 쓸 수 있는 영어를 할 줄 알아야 한다는 것을 엄마도 느낀 순간이었다. 여행에서 돌아온 후부터 영어를 배우기 시작했다는 그 엄마는 여행 영어와 외국인을 만났을 때 쓸 수 있는 간단한 회화를 이젠 터득했다고 한다. 단, 아직 R 발음과 L 발음의 차이를 극복하지 못해서 훈련 중이라나.

엄마들은 잘 모르는 것들도 이 시대의 얼리 어답터인 딸들은 곧잘 해낸다. 딸이 엄마에게 영어(또는 다른 외국어도 좋다)를 가르쳐드리면 어떨까.
"우와 우리 엄마, 발음 최고야!"
조금만 잘해도 물개박수 치며 칭찬해드리자. 딸의 인정만큼 엄마를 행복하게 하는 건 단언컨대 없다.

드럼 치는
우리 김 여사

엄마와
악기 한 가지
배우기

어느 딸이 얼마 전부터 일주일에 한 번씩 엄마와 드럼을 배우기 시작했다. 처음에는 혼자 가려고 했는데 휴일에 힘없이 누워만 있는 엄마를 보고 일으켜 세우며 말했다.
"엄마, 나 드럼 배울 건데 같이 배울래요?"
처음에는 "미쳤어?" 하던 엄마가 학원에 가서 설명을 듣더니 "그럼 해볼까?" 말했다. 그렇게 시작된 드럼 배우기. 지금은 딸은 열등생, 엄마는 우등생이다. 엄마의 드럼 실력은 나날이 일취월장이다.

엄마는 요리를 만들면서도 국자와 주걱으로 연주를 한다. 어둡던 얼굴에 홍조가 깃들고 하하호호, 언제나 웃는다. 한 가지 악기를 배운다는 것은 인생의 방 하나를 새로 가진다는 의미다. 방 하나 없던 인생에 널찍한 방 하나가 생긴 기분인 것이다.

피아노도 좋고 기타도 좋다. 하모니카도 좋다. 엄마와 딸이 한 가지 악기를 같이 배워보는 건 어떨까. 함께 어려운 시기를 넘기고 독려도 해가며 악기 하나를 배워보는 거다. 언젠가 모녀 합동 연주를 해볼 날을 꿈꾸면서.

악기를 함께 배우며 깔깔 웃는 그 순간이 모녀에게는 계절로 치면 푸른 5월이다. 지나고 나면 반짝이는 아름다운 한때, 푸르른 5월로 기억된다.

엄마에게 비친 내 모습

엄마와
서로 얼굴
그려주기

자화상을 그리고 싶다는 생각을 가끔 한다. 자화상self-portrait이란 '자기self'와 '그리다portray'가 결합된 말이다. 'portray'는 '끄집어내다, 발견하다, 밝히다'의 뜻을 가지고 있는 라틴어 'protrahere'에서 유래한 것이라고 사전에 나와 있다.

자화상을 그리는 일은 곧, 스스로를 끄집어내고 발견하는 일이다. 세상에서 가장 나를 잘 그리는 사람이 본인인 이유가 거기 있다. 결국, 내 안의 진정한 나를 가장 잘 아는 이는 자신이므로.

자화상은 자신의 모습을 그리는 것만을 뜻하지 않는다. 마음을 담아내는 일이다. 화가 프리다 칼로도 인생의 고통스러운 시기를 건널 때 자화상에 여러 개의 화살에 맞아 피 흘리는 사슴을 그려냈다. 이처럼 자신의 마음을 그림으로 표현해보는 일은 특별한 가치가 있다.

자신 외에 가장 자기를 잘 아는 존재는 바로 엄마이다. 엄마와 같은 공간에서 시간을 보내게 된다면, 서로를 그려주기를 해본다.

"초등학교 다닐 때 이 층짜리 크레용을 쓰는 아이가 왜 그렇게 부럽던지. 그때는 이층집 사는 애보다 이 층짜리 크레용 쓰는 애가 더 부러웠어요. 우리 남부럽지 않게 이번 자화상은 64색 크레용으로 그려봐요. 제가 인터넷으로 주문했어요."

시간이 된다면 엄마와 문구점에 같이 가서 도구까지 사면 좋을 것이다. 물감이든 크레용이든 연필이든 어떤 도구든 손에 잡고 마주 앉아 서로의 모습을 담아본다. 눈썹이 닮았

네, 코가 닮았네, 하며 새롭게 깨닫는 부분도 있을 것이다.

딸을 그리는 엄마의 마음은 뿌듯할 것이다.
'우리 딸 참 예쁘게 자랐구나. 언제 이렇게 자랐을까.'
엄마의 모습을 그리는 딸은 울컥할 것이다.
'우리 엄마 참 많이 늙으셨네. 속 썩여 미안해요.'

서로의 모습이 아닌 마음을 그리면서 소통이 안 돼 다투던 일들이 떠올라 가슴이 아플지도 모른다.
'내가 더 이해할 테니 이대로 꽃처럼 이쁘기만 해, 내 딸.'
'내가 더 사랑할 테니 더는 늙지 마세요, 우리 엄마.'
소통이 안 돼 상처 줬던 일들이 떠오르며 앞으로 더 잘해야겠다는 마음이 든다.

엄마와 딸이 소통하려면 상대가 하는 말을 곧이곧대로 들으면 안 된다는 것도 새삼 느낀다. 성격에 따라서 건네오는 말이 다르니 그 말을 나만의 방식으로 잘 알아듣는 센스가 꼭 필요하다. 개떡같이 말해도 찰떡같이 알아듣는 모녀의 대화 센스 말이다.

엄마를 그리고 제목을 달아본다.

'우리 엄마'라고.

엄마의 그림 제목은 '우리 딸'.

엄마 얼굴, 딸 얼굴…….

엄마 마음, 딸 마음…….

세상에서 가장 소중한 서로의 마음을 그리며 문득 깨닫는다. 엄마라는 익숙함에 속아 엄마라는 소중함을 잊지는 말자고. 늘 같이한다고, 늘 옆에 있다고, 완전히 익숙하다고 그 소중한 마음을 잊는다면 너무 마음 아픈 일이기에.

4장

엄마와 딸의
사랑도
번져가니까

인생의 화양연화로 느껴지는 순간

힘든 시절을
보낸
동네 가보기

화양연화는 '인생 최고의 순간'이라는 의미의 말이다. 화양연화라고 하면 딸들은 방탄소년단의 음반을 떠올리지만, 엄마들은 장만옥과 양조위 주연의 영화를 떠올린다.

"누군가 내게 가장 행복했던 순간을 물으면 아주 어려웠던 시절을 넘기던 바로 그 순간이라고 대답하겠다."

어느 기업가가 인터뷰에서 한 말이다. 인생의 화양연화는 일이 쉽게 풀리고 잘나가고 젊었던 시절이 아니라 가장 힘들게 고뇌하고 그걸 이겨내던 순간이라는 뜻이다. 그러나 이 말에 공감하기에는 시간이 필요한, 아직도 그 아픔이 이어지는 중인 사람들도 많다.

어느 여대생이 엄마와 공연을 보러 대학로에 갔다가 15년 전 살던 월셋집에 가보았다고 한다. 이제 그 집은 헐려 있었고 다른 건물이 들어서 있었지만 그 하늘, 그 동네의 공기는 여전히 선연하게 기억 속에 남아 있었다.
부모님과 삼남매, 다섯 식구가 세 들어 살던 그 집에서는 그야말로 몸만 뉘일 수 있었다. 딸은 화장실 없이 산다는 것이 어떤 상황인지 겪어보지 않은 사람은 모를 거라고 했다. 매번 공중화장실까지 뛰어갔다 와야 하고 어느 밤인가 오빠가 노상 방뇨를 하다 들켜 동네 어르신에게 두들겨 맞고 울며 돌아왔던 기억까지……. 극심한 가난 속에서 하루하루 살아낼 것을 걱정하던 시절, 지금도 그때를 생각하면 가슴에 혹한이 몰아친다고 했다.

누군가에게는 낭만의 거리, 예술의 거리일지 모르지만 그

가족에게 대학로는 피맺힌 가난의 장소였다. 그런데 무료 공연에 당첨돼 엄마를 모시고 그 동네에 온 것이다.
"엄마, 지금은 그래도 우리가 화장실 있는 집에 살잖아. 얼마나 행복한 거야?"
"그래, 우리 열심히 살자. 난 어떤 곳에 있어도 우리 딸이 있어서 행복해."
이런 대화를 나누다 보면 온 가족이 가난하던 날의 습관 탓에 아직도 변비에 시달린다는 것도 웃으며 얘기할 수 있게 된다.

고생을 함께 겪은 동반의 느낌은 피보다 짙고 강하다. 그 시절이 이 가족에게 아직은 화양연화로 느껴지지 않는다지만 언젠가는 참 눈부셨던 순간으로 추억될 때가 올 것이다.

가장 힘들게 살았던 동네를 엄마의 손을 잡고 방문하는 순간, 딸과 엄마는 알게 된다. 그때가 언제든, 그곳이 어디든, 어떤 상황에 놓이든, 우리가 함께하는 시간이 바로 화양연화라는 것을…….

엄마, 언니를 낳아주셔서 감사해요

남매 자매
최강 우애
보여드리기

엄마가 언제 행복해했나, 떠올리면 자매간에 사이좋게 지낼 때 가장 좋아하셨다. 우리는 누군가의 생일이 되면 가장 먼저 엄마에게 전화를 드렸다.
"엄마, 언니를 내 언니로 낳아주셔서 감사해요."
"엄마, 정림이를 내 동생으로 낳아주셔서 감사해요."
그러면 엄마는 세상을 다 가진 사람처럼 행복해하셨다.

자매들이 만나서 하하호호 웃으며 떠드는 걸 보면 엄마는

"만날 만나면서 무슨 할 얘기가 그렇게 많아?" 하면서도 우리보다 더 즐거워하셨다. 반대로 아주 작은 일로 말다툼이라도 하면 엄마는 그렇게나 싫어하셨다.

엄마를 행복하게 하려면 남매나 자매끼리 우애 있는 모습을 보여드리면 된다. 자매라면, 엄마와 셋이 한 방에 누워 밤새 깔깔 웃으며 도란도란 이야기를 나눠보는 것도 좋겠다. 남매라면, 엄마 손을 양쪽에서 붙잡고 최고로 사이좋은 '남매 케미'를 보여드려도 좋겠다.

형제란 곧, 추억이고 향수이다. 한 뿌리에서 나와 영글어간 '한 몸'과 같은 존재다. 가족의 의미는 그런 것이다. 생활을 함께 나누는, 그래서 나와 '한 몸' 같은, 나와 '한마음'인, 그가 곧 '나'인 그런 존재…….

엄마가 낳아주신 우리는, 그런 존재임을 각인시켜드리자.
그 순간, 엄마는 세상에서 가장 행복한 엄마가 될 테니까.

DNA 손맛을 보여드릴게요

엄마의
엄마에게
요리해주기

엄마에게도 엄마가 있음을 우리는 종종 잊어버린다. 딸이 힘들 때 찾기만 했지, 엄마가 힘들 때 당신도 엄마를 그리워한다는 것을 알지 못한다. 우리 엄마도 언제나 외할머니를 그리워하셨다. 그러나 나는 그걸 알지 못했다. 외할머니 사진을 어루만지며 눈물짓는 엄마를 보기 전에는.

학처럼 긴 목과 사슴처럼 커다란 눈을 고스란히 외할머니에게서 물려받은 엄마는 특히 한복을 입은 모습이 외할머니와 판박이다. 고운 심성도, 유리알 같은 감성도 모두 외할머니에게서 온 것이다. 큰소리 한번 낸 적 없는 조용한 품성도…….

고달픈 마음을 그저 고요히 혼자 극복하며 살아간 엄마는 외할머니를 향한 그리움조차 삭이며 지내야 했을 것이다. 그런 어느 날, 그리움의 둑이 무너져 내려 "엄마, 엄마……" 나직이 부르며 우는 엄마를 보고 말았다. 엄마의 야윈 등을 안고 나도 엄마를 부르며 흐느껴 울었다.

엄마의 우는 모습은 가슴이 덜컹 내려앉게 싫고 엄마의 웃는 모습은 가슴이 벅차게 기쁜 딸. 딸에게 너무나 특별한 엄마라는 존재, 엄마에게도 엄마의 엄마가 특별할 것이다. 누가 우리 엄마에게 잘해주면 감동하듯이 엄마도 자신의 엄마에게 잘해주면 감격한다.

엄마를 기쁘게 할 스페셜 이벤트! 외할머니를 초대해서 맛있는 식사를 대접해보는 건 어떨까. 평소엔 대충 한 끼 때우는 딸이라 해도 엄마와 외할머니를 위하여 거하게 한 끼 차리는 이벤트를 거행해보는 거다. 이름하여, 두 분의 황후를 위한 오찬 이벤트!

오랫동안 질병으로 고생해온 외할머니라면 그 질환을 치유할 메뉴를 찾아서 만들어드리자.
"오늘 음식은요, 할머니를 위한 특별 에피타이저부터 드릴게요. 많은 사람들이 이 두 가지를 먹으면서 건강을 찾았대요. 재료는 양파와 마늘이에요. 양파를 세로로 자르고 마늘은 가로로 잘라서 전자레인지에 4분 익히고 요구르트와 딸기를 넣어서 30초 믹싱한 거예요. 이걸 매일 먹었더니 병이 달아나고 힘이 펄펄 나더래요. 그런데 이렇게 매일 먹을 경우 부작용이 있대요."
"부작용? 뭔데?"
"화장빨이 잘 받아서 자꾸 밖으로 나가려 한대요. 할머니 이거 드시면 매일 나가시려고 할 텐데 어쩌죠?"

할머니와 엄마와 호호 웃어가며 드실 건강에 좋은 음식을 만들어보자. 할머니와 엄마의 입맛에 맞게 한국적이면서도 새로운 퓨전 메뉴를 내놓자. 요리를 먹으며 셋이 찍은 사진을 할머니가 보시기에 좋게 인화해드리는 건 애프터서비스다.

요리를 하기 어렵다면 외식을 해도 좋다. 모녀 삼대가 드레스 코드를 맞추고 외출한다. 딸이 미리 메뉴를 시식해보고 레스토랑에 특별한 이벤트를 부탁해놓자.

엄마의 엄마가 행복하면 엄마가 행복하다.
엄마가 행복하면 딸이 행복하다.

엄마 곁에 있어주셔서 감사합니다

엄마 지인들에게 한턱 쏘기

엄마 혼자 외로워하셨던 시기에 내가 가장 고마운 이들은 엄마의 친구분들이었다. 내가 곁에 있어줄 수 없는데 엄마 곁에서 말동무해준 분들이 고마워서 엄마한테 갈 때는 친구분들 선물도 챙겼다. 그런데 엄마가 돌아가신 후에 후회가 되었다. 엄마와 외식할 때 그분들도 함께할 걸. 아주 근사한 식당에서 맛있는 식사를 같이할 걸.

어느 엄마는 일 년에 한 번, 어깨가 으쓱여지는 날이 있다고 했다. "고생해서 딸 키워놨더니 애가 이런 효도를 다 하네" 하며 자랑이 이만저만 아니다. 바로 딸이 엄마 지인들에게 일 년에 한 번 크게 한턱 쏘는 것이다.

초대받은 레스토랑에 들어가니 딸이 반갑게 맞이하며 인사를 한다.

"우리 엄마 곁에 계셔주셔서 정말 감사합니다."

"세상에, 이렇게 이쁜 딸이 있네!" 하는 감탄사가 저절로 나온다.

근사한 레스토랑에서 최고급 음식을 엄마에게 대접하고 싶은 게 딸의 마음이다. 엄마를 집에서 구출해내 멋진 레스토랑으로 안내해보고 싶은 것이다. 엄마뿐만 아니라 엄마에게 특별한 사람들과 함께라면 더 좋지 않을까.

딸은, 우리 엄마를 만나주는 사람들이 참 고맙다. 딸에게는 그분들이 아주 중요한 사람들이다. 엄마의 외로움을 딸이 전부 감당할 수 없으니 엄마와 관계를 맺고 사는 사람들이 다 소중하다.

창밖 풍경이 좋은 레스토랑을 예약하고 엄마에게 말한다.
"엄마가 평소에 꼭 대접하고 싶은 분들, 맘껏 초대하세요."
그러면 엄마는 자랑스럽게 지인들을 초대한다.
"얘, 이번 크리스마스쯤 시간 내. 우리 딸이 자리 마련했어."
초대받은 엄마의 지인들은 화려한 레스토랑에 들어서면서 다들 감탄할 것이다.
"와, 여기 전망 끝내주네. 야경이 멋지구나."

현재 지갑이 가난하다면 소박한 식당이면 어떤가.
"여기가 냉면 맛집이래. 우리 딸이 쏘는 거니까 맛있게 먹어."
냉면 한 그릇, 곰탕 한 그릇을 먹으면서도 딸의 마음을 전할 수 있다.
"나중에 더 근사한 곳에서 화끈하게 쏠게요. 우리 엄마와 계속 잘 놀아주세요. 부탁드립니다."
이렇게 인사를 건네면 엄마와 지인들의 얼굴에 행복이 피어난다.

엄마의 은사님은 나의 은사님

엄마의
은사님 같이
찾아뵙기

30년 넘게 한 학교에서 교사 생활을 하는 선배가 들려준 이야기다. 어느 날, 예쁜 여대생이 교무실로 찾아왔다. 교사로 부임한 첫해, 담임을 맡았던 제자의 딸이었다.

"세상에, 네가 고선희 딸이란 말야? 엄마를 꼭 닮았구나!"

첫해 애정을 쏟았던 제자의 딸이라니, 참 많이 반가웠다. 그런데 그 딸로부터 슬픈 소식을 들었다. 제자가 갑자기 사고를 당해 저세상으로 떠났다는 것이었다. 딸이 고개를 깊이 숙여 인사했다.

"엄마에게서 말씀 많이 들었어요. 엄마에게 좋은 가르침을 주셔서 감사합니다. 저도 엄마처럼 착하게 살겠습니다."

딸이 엄마 인생에 좋은 영향을 끼친 사람들을 찾아가 인사를 드리는 일, 엄마가 살아 계실 때 하면 더 행복할 듯하다.

엄마의 학교 은사님이나, 엄마가 힘들 때 도와준 이웃 등 엄마에게 선한 영향을 끼친 분들을 찾아가 인사를 드려보는 것이다.
"우리 엄마에게 잘해주셔서 감사합니다."
"엄마의 인생 가이드라인을 정해주셔서 감사합니다."
엄마의 손을 잡고 같이 찾아뵈면 더 좋다. 은사님과 함께 엄마의 학창 시절, 꿈 많은 소녀 시절의 이야기를 나누고 따뜻한 식사도 같이하면 어떨까.

엄마의 선생님은 딸의 선생님이기도 하다. 엄마의 은인은 딸의 은인이기도 하다. 엄마의 은사를 만나는 일은 아주 특별한 이벤트, 센스 넘치는 딸만이 할 수 있는 일이다.

오늘은 내가 아빠가 되어

아빠와의
추억 속으로
걸어가기

아빠가 먼저 돌아가신 집은 아빠가 계시지 않는 시점부터 아빠 얘기가 금기어가 된다. 더구나 갑작스레 황망하게 돌아가셨을 경우 가족끼리 아빠라는 말을 입에 올리지도 못한다.

엄마의 가슴을 찌르고 자식들 가슴을 찌를 것을 알기에, 아빠의 빈자리가 눈물의 자리가 되었기에, 그 후로 가족의 행복은 완성되지 못한 채 살아왔기에.

그러나 어느 날, 엄마의 슬픈 손을 잡고 아빠와 데이트 했던 곳으로 가보는 건 어떨까. 아빠와 엄마가 가장 행복했던 공간으로 엄마의 손을 이끌어보는 것이다.

그곳에서 말해본다. "오늘은 내가 아빠가 되어줄게"라고. 그동안 금기시되었던 아빠 이야기를 맘껏 나누며 슬픈 장소를 즐거운 장소로 바꾸는 일을 계획해봤으면 한다.

그리움이 슬픔이 되어서는 안 된다. 쓸쓸하지만 그리움 또한 사랑하는 마음이다. 엄마가 아빠를 맘껏 그리워해도 되게 해드려 보자. 그리고 아빠와 행복했던 곳으로 엄마의 손을 잡고 가서 아빠처럼 엄마를 행복하게 해드려 보자.

엄마는 딸 코스프레,
딸은 엄마 코스프레

하루만
역할
바꿔보기

어느 휴일, 하루만 서로 역할을 바꿔서 살아보자는 모녀 코스프레 이벤트가 펼쳐졌다. 엄마는 딸로, 딸은 엄마로 하루를 지내보기로 한 것이다. 왜 이런 상황이 펼쳐졌을까?

이 모녀는 워낙 사이가 좋아서 문제가 생길 줄은 상상도 못하고 있었다. 사춘기 때도 문제없이 잘 지내온 딸 덕분에 엄마는 늘 고마워하고 딸을 자랑했는데, 35살이 되도록 남자친구 없이 모태 솔로로 지내자 기어이 들볶기 시작한 것이다. 엄마의 조바심이 심해지자 딸은 엄마를 피하고 전화까지 수신 차단하기에 이르렀다. 그러다 엄마의 환갑을 맞아 대화하게 되면서 하루만 역할을 바꿔서 지내보기로 한 것이다. 모녀의 하루 입장 바꿔보기 프로젝트! 과연 이들은 성공했을까?

휴일 아침, 딸이 엄마가 되어본다. 생과일 주스를 만들어 엄마의 방문을 두드렸다.
"딸! 이 주스 마셔. 이거 굉장히 비싼 유기농 주스야. 한 방울도 남기지 않고 쭉 들이켜."
엄마가 딸의 목소리를 흉내 내며 말했다.
"나 이거 안 마셔. 좋은 거 엄마가 다 드세요. 난 내가 알아서 마실 테니까 자꾸 이런 거 갖고 와서 자는 거 방해하지 마."

식사 시간이 되자 엄마 노릇을 하는 딸이 부지런히 음식을 만들고 냉장고에 있는 밑반찬들을 꺼내 가족들을 불렀다.
"식사해요. 어서 나와요. 식어."
"꼭 먹어야 해? 나중에 알아서 먹으면 안 돼?"
"차릴 때 먹어. 그리고 이 고사리는 내가 제주도 갔을 때 진짜 고생해서 따온 거야. 이거 따고 사흘 앓았어. 그러니까 잘 먹어."

"누가 고사리 따오랬어요? 제주도 갔으면 여행 잘 하고 올 것이지. 엄마가 자청해서 따온 거잖아."

서로 역할을 바꿔서 평소에 주고받은 말들을 쏟아냈다. 밥을 먹는 동안 딸이 엄마처럼 잔소리를 하기 시작했다.

"지금 결혼 안 하면 언제 하려고 그래? 결혼이 인생에서 얼마나 중요한지 알아?"

"엄마는 왜 자꾸 날 결혼시키려고 하는데요? 아버지에게 맨날 웬수라며 내 인생 망쳤다고 하면서 왜 난 결혼이란 무덤 속으로 넣으려는 건데요?"

"혼자 외롭게 늙어갈 거야? 결혼도 다 때가 있는 거야."

"나, 동안이라 괜찮아요."

"동안이라고 민증 나이도 어려진대? 너 지금 20대 청춘 아냐. 눈 낮추고 정신 차려."

"나이 먹으면 먹을수록 작은 말에도 상처 받고 우울해지는데 엄마가 결혼 애기할 때마다 정말 기운이 쭉쭉 빠져요."

"나 이제 네 오빠 집 가서 애들 봐줘야 해. 더 말할 시간도 없어."
"맨날 힘들다면서 뭐 하러 애기는 보러 가는데?"

엄마 역할을 하는 딸은, 오빠네 갖고 갈 반찬도 만들고 집안 청소도 하기 시작했다. 그러다 털썩 주저앉았다.
'아, 이래서 엄마가 아팠던 거구나. 결혼 안 한 딸 걱정에, 아들 유학비에, 손주 돌보미에, 집안일에, 식구들 건강 걱정에…….'
그날 이 모녀는, 하루 역할을 바꿔본 일이 서로를 이해하는 계기가 됐다고 한다.

딸은 개인적인 일이 힘들어서 울고, 엄마를 걱정시키는 못난 딸인 거 같아서 운다. 집에서라도 편하고 싶은데 엄마를 보면 죄스러워 불편해진다. 엄마는 딸이 제발 마음 편했으면 싶은데 이렇게 지켜만 봐도 되는 건지, 잔소리를 해야 할지 혼자 갈등한다. 그렇다고 그냥 두자니, 몇 년 전 수술한 후 이제 자신이 끝까지 딸의 곁에 있어주지 못할 것을 아니까 적어도 짝을 만들어주고 가야 할 거 같아서 조바심이 나고…… 그랬던 것이다.

결국 딸의 인생은 스스로 고삐를 잡도록 해야 한다고 엄마는 마음을 다잡았다. 그리고 딸은 엄마에게 짜증을 부리기보다 설득을 해야겠다고 마음먹었다.

모녀가 요즘 너무 자주 다툰다면, 이해할 수 없다며 상처를 주고 상처를 받는다면, 그런데도 서로를 이해시킬 방법이 없다면, 이 모녀처럼 하루 정도는 역할 바꾸기를 해보자.

며느리에겐 비공개,
너에겐 공개

엄마의
요리 비법
전수받기

우리 네 자매가 자라는 동안 엄마와 찍은 사진들에는 생활의 냄새가 배어 있다. 아마 엄마가 해주신 수제비를 먹은 직후나 된장국에 고등어구이를 먹은 직후에 찍은 사진일 수도 있다. 엄마와 딸이 함께 있는 시간은 남이 흉내 낼 수 없는 일상의 빛깔이 짙게 배어 있어서, 그래서 남다른 것일까.

어린 시절엔 노는 데 몰두하느라 엄마가 우리에게 해주는 음식이 어떻게 만들어진 것인지 관심이 없었다. 그런데 세월이 흘러 문득문득, 삶의 언저리에서 엄마 음식이 먹고 싶을 때가 있다. 호박잎국, 갈치호박국, 그리고 메밀수제비와 콩국. 엄마가 살아 계실 때 요리법을 들어뒀어야 했는데 이제 떠나시고 나니 그게 너무나 아쉽다.

엄마 생전에 들은 것이라고는 갈치는 호박잎으로 비늘을 벗기며 씻어서 구워야 최고의 맛을 낸다는 거였다. 갈치는 꼭 굵은 소금을 흩뿌려서 구워주셨다. 불고기를 프라이팬이 아닌 석쇠에 구워냈는데 숯불까지 피운 그 정성은 도저히 흉내 낼 수가 없다. 아버지가 새벽 출장을 가는 날이면 참기름 두른 계란 반숙 냄새가 잠결에도 고소했다.

아버지가 메밀 음식을 좋아하셔서 엄마는 메밀로 따뜻한 수제비를 만들어 밥상에 내곤 했다. 메밀을 반죽해서 아무렇게나 뚝뚝 잘라 소금으로만 간을 한 맑은 국물에 끓여냈다. 어릴 때는 그게 무슨 맛인지 몰랐는데 어른이 되고 나니 그 메밀수제비도 너무나 먹고 싶다.

비 오는 날이면 옹기종기 모여 앉은 딸들을 위해 도넛이나 튀김 같은 간식을 해주셨다. 그때 빗소리와 어우러지던 도넛 튀겨지는 소리, 빗 내음과 섞이던 튀김 내음은 지금도 그리운 엄마 모습과 함께 마음속에서 떠나지 않는다. 소풍 갈 때면 들고 갔던 엄마표 김밥은 살짝 특이했는데 밥을 밑간할 때 간 소고기를 같이 넣었다. 썰었을 때 모양은 덜 예뻐도 맛은 최고였다.

엄마가 만들어주셨던 음식들은 제주도 음식점까지 찾아가서 먹어도 그 맛이 100% 나오진 않는다. 내가 어찌어찌 흉내를 내볼 때도 있지만 도저히 그 맛이 나지 않는다. 엄마의 요리 비법을 살아 계실 때 음성으로든 메모로든 남겨둘 걸, 후회가 많이 남는다.

내가 요리 비법을 물었다면 엄마가 얼마나 기뻐했을까. 모두가 인터넷에 의존하는 요즘 세상에선 더더욱 엄마가 소외되기 쉽다. 엄마보다 더 잘 알려주는 영상들이 많으니 굳이 물어볼 필요가 없어 보이지만, 엄마만 알려줄 수 있는 요리 비법이 하나씩은 있기 마련이다.
"엄마가 해주는 불고기는 정말 최고예요. 비법이 뭐예요?"

그러면 엄마는 신이 나서 레시피를 전해줄 것이다. 그걸 잘 메모해두자.

먹는 요리만이 아니라 마시는 요리의 비법도 알아내라고 권하고 싶다. 우리 엄마는 늘 생강을 준비해두고 활용했다. 된장찌개에도 생강가루를 몇 알씩, 멸치볶음을 할 때도 넣었다. 그리고 늘 생강차를 끓여두셨는데 생강차 끓이는 걸 도운 적이 있어서 지금도 그 방법대로 하고 있다. 생강 반 근을 잘 씻어서 주전자에 잠길 정도로 물을 넣고 약한 불로 한 시간 정도 끓여내면 된다. 말린 귤껍질이나 대추가 있으면 적당히 넣어서 같이 달이면 더욱 좋다. 생강은 몸속 염증을 예방하고 제거해준다고 한다. 오죽하면 독소를 잡아낸다고 '몸 안의 경찰관'이라고 하겠는가. 따뜻한 생강차는 최고의 치유 식품이니 늘 끓여 마시라고 하고 싶다.

엄마의 요리 비법이 외할머니로부터 물려받은 것이든, 요리 프로그램에서 나온 내용을 응용한 것이든, 엄마표 레시피는 소중하다. 우리 가족을 위해서 오랜 세월 동안 만들어온 손맛과 결합한 맛이므로. 엄마가 알고 있는 비법이라면 딸에게 모든 것을 주고 싶어 할 것이다. 가장 솔직한 비법 말이다.

요리의 세계를 아는 사람은, 요리 과정을 상상하는 것만으로도 기분이 훈훈해진다. 사랑하는 사람을 위해 만든 레시피는 가장 창의적인 사랑법이 아닐까.

오후 세 시
쿠키의 의미

엄마와
쿠키
만들기

오후 세 시
쿠키를 먹는다
생의 오후 세 시
정오를 지나

저녁으로 가는 곳
생의 오후 세 시
시계추의 언덕을 오르기 위해

쿠키를 먹는다

언니 송정연 작가가 50대를 맞아 생의 시계추를 느끼며 쓴 자작시라고 SNS로 보내준 〈오후 세 시의 쿠키〉다.
하루를 일생에 비유할 때 쿠키는 오후 세 시라는 시간을 견디기 위한 위안의 의미를 가진다. 늘 몸에 좋은 음식만 먹으며 당을 피하다가도 오후 세 시엔 달달한 쿠키 하나 정도 내 뇌에 선사하고 싶어진다.

영화 〈어느 멋진 날One Fine Day〉에서 조지 클루니의 딸이 이런 대사를 한다.

"아빠는 쿠키까지 사랑할 수 있는 여자를 원해요."

그런 여자는 어떤 여자일까. 원칙주의자로만 살지 않고 가끔은 자신에게 여유를 베풀 줄 안다는 의미로 느껴졌다.

쿠키, 하면 〈이상한 나라의 앨리스〉에서 앨리스가 토끼를 따라 굴속으로 들어가다 문손잡이가 있는 방으로 굴러떨어졌을 때 쿠키를 먹자 몸이 지나치게 커지는 장면이 떠오른다. 이렇듯 쿠키는 우리에게 많은 상상력을 부여한다. 엄마와 함께 쿠키를 만들어서 알콩달콩 먹는다면 얼마나 재미있을까.

"엄마, 내가 어릴 때는 달달한 간식을 만들어줬는데 언제부터 뚝 끊었지? 나에 대한 애정이 식은 거야?"
"엄마가 결혼해서 30년이나 제사탕국 속에 빠져 살아와서 그래. 이제 해야 할 음식 말고는 손대기도 싫다."
"오늘은 옛날에 우리 간식 만들어줄 때 생각하면서 초코칩 쿠키 한번 같이 만들어봐요. 내가 재료 다 사 올게요."
"오븐도 없는데 어떻게 만들어?"
"노 오븐으로 만드는 게 진정한 요리라는 거 몰라요? 프라이팬으로 만드는 노 오븐 레시피, 입수해놨다구요."

무염버터 큰 스푼으로 다섯 스푼, 미리 실온에 꺼내두고, 그래야 물렁물렁해지니까. 흑설탕 다섯 스푼 넣고 저어주고, 달걀 한 개 넣고 저어주고.
"엄마는 젓기만 하세요. 제가 다 할게요."

"젓는 게 힘든 거 몰라?"
"엄마 무쇠 팔뚝, 뒀다 뭐해요? 어서 저어요. 여기에다 밀가루 여섯 스푼 넣습니다. 저으세요. 베이킹 소다 작은 스푼으로 하나. 잘 섞어요."
"팔 빠지겠다. 사 먹는 게 낫겠어."
"만들어 먹는 데 의미가 있지. 여기에 편의점에서 산 초콜릿 두 개를 잘게 부숴 넣고 구운 아몬드 같은 견과류 있으면 좀 집어넣고……. 이리 줘. 내 팔뚝이 가늘어도 더 잘 젓겠네. 엄마 팔 힘 좀 키워요."
"너네 키우느라 약해진 거거든."

프라이팬을 달구고 준비된 반죽을 얇게 펴서 깐다. 작은 레인지에 약하게 불을 켜고 뚜껑을 덮고 7분간 굽는다.
"눌러 붙지 않을까?"
"버터 많이 넣어서 괜찮아."
7분이 지나면 바로 불을 끄고 뚜껑을 닫은 채로 10분 있다 식을 때쯤 뒤집어서 다시 7분 더 굽는다.

홍차와 함께 직접 구운 초코칩 쿠키를 나눠 먹으며 웃어본다. 모양이 안 예쁘면 또 어떤가. 엄마와 딸이 만들어 먹는 수제 쿠키인데.

영화 〈스트레인저 댄 픽션Stranger than Fiction〉에는 헤롤드 크릭이라는 남자가 나오는데 12년 동안 출근할 때마다 넥타이를 더블 매듭이 아닌 싱글 매듭으로 매 43초의 시간을 절약한다. 국세청의 중견 직원으로 7,134장의 세금 서류를 처리하고 45.7분의 점심 시간과 4.3분의 커피 타임을 가지는 정확한 사람이다. 영화의 마지막에 헤롤드가 쿠키를 한 입 물면서 말한다.

> "가끔씩 우리는 두려움과 절망, 어쩔 수 없는 비극에 용기를 잃어갈 때 쿠키 맛에 대해 신에게 감사드릴 수 있을 것이다. 쿠키가 없다면 가족들의 손길이 쿠키를 대신할 수 있을 것이다."

가끔은 쿠키가 생의 위안이 된다. 엄마와 함께 만들어 먹는 쿠키라면 더욱더.

엄마 인생의
증거는 저예요

엄마의
일대기
써보기

엄마가 돌아가시고 난 후에야 나는 뒤늦게 엄마의 인생이 궁금해졌다. 어느 날인가 엄마가 탄식처럼 내뱉었던 말이 기억났다.

"내 인생을 소설로 쓰면 대하소설이 나올 거야."

그때 엄마의 삶에 대해 궁금해 할 걸, 그래서 엄마의 인생을 정리해드릴 걸……. 아쉽기만 하다.

아버지는 직접 자서전을 쓰셔서 인생에 대한 기록을 남기셨다. 그러나 엄마는 자신의 인생을 기록으로 남기지 못하셨다. 그 일을 딸이 해드렸으면 얼마나 좋았을까. 엄마의 인생은 아주 단순할 거라는 오해가 있다. 그러나 잘 들여다보면 엄마의 삶이 곧 소설이고 드라마다. 인생의 길에 어떤 일들이 놓였을지, 그 시간의 길을 어떤 감정으로 지나갔을지 엄마의 인생을 딸이 정리해보는 건 어떨까.

바쁜 시간을 쪼개서라도 일주일에 한 번 정도 엄마의 인생을 정리하는 시간을 가져보길 바란다. 엄마의 구술을 딸이 받아쓴다고 생각하지 말고 작가가 되어 엄마의 인생을 정리해보는 거다. 엄마가 아닌, 한 인간에 대한 탐구라고 생각해본다. 엄마라는 호칭을 떼고 그분이 내 엄마라는 사실도 잊고 기록해본다.

"엄마는 어떤 가정에서 태어났어요?"
엄마의 탄생에서부터 이야기는 시작된다.
"내가 태어난 날, 눈이 펑펑 쏟아졌대. 외할머니가 집에서 나를 낳았는데 할아버지가 또 딸 낳았다고 수고했다는 말 한마디 안 하셨대."

이제 엄마의 인생은 어린 시절을 향해 이어진다. 오래된 흉터를 가리키기도 하고, 지금도 종종 아픈 곳을 가리키기도 하면서 인생의 사건사고에 대한 이야기를 듣는다.

어느 시간의 이야기를 하다가 엄마는 눈물짓는다. 고생했던 기억이 고달파서 울기도 하고 그 시간 속 사람이 그리워서 애상에 잠기기도 한다. 엄마의 엄마가 그리워서, 엄마의 친구가 그리워서, 엄마의 첫사랑이 그리워서…….

그러다가 어떤 생의 지점에서는 유난히 행복한 표정을 짓는다. 특히 딸이 태어날 때의 이야기를 할 때는 얼굴에 미소가 피어난다.
"너를 가졌을 때 토마토가 예쁘게 열리는 꿈을 꿨어. 그랬더니 너처럼 예쁜 딸이 태어난 거야."
열 달 동안 나를 뱃속에 넣고 다닐 때 얼마나 힘들었을까……. 나를 낳았을 때 죽음의 위기를 넘기셨구나……. 출산과 육아 시기를 듣고 정리하며 딸은 몇 번이나 울컥한다. 감사하다는 말이, 미안하다는 고백이 절로 새어나온다.

아픈 나를 들춰 업고 병원으로 달렸던 엄마, 가정을 지키기 위해 눈물의 세월을 보냈던 엄마, 엄마의 낮은 흐느낌이 들리는 듯하다. 이처럼 몰랐던 사실을 알게 되면 엄마의 손을 잡아보게 된다. 저리고 아리고 맵고 짠 고추장을 몇 말이나 담갔을 엄마의 가슴을 끌어안고 함께 울어보기도 한다.

전기가 완성되는 날, 딸이 정리한 노트를 엄마에게 선물하며 고백해보면 어떨까.
이렇게 대단하게 살아낸 우리 엄마의 딸이어서 행복하다고.
엄마야말로 나의 우상이라고.

5장

당신이
걸어간 뒤
남아 있는
나날들을
걸어요

유채꽃 향기가 바람에 흔들릴 때

엄마와
제주에서 한 달
살다오기

사랑하는 이의 마음에 행복한 추억을 만들어준 시간은, 낭비한 시간이 아니다. 인생에서 가장 많이 벌어들인 고소득의 시간이다.

시간 부자는 시간에 쫓기지 않는다. 바쁘다고 소리 내서 말하지 않는다. 부지런히 살지만 시간 속에서 행복의 공간을 찾아내어 누린다. 인간이 편리하려고 세월의 구획을 나눠놓은 것인데 왜 시간에 쫓겨 허둥대고 있을까. 왜 바쁜 시간

속에서 사랑하는 사람들을 외롭게 만들까. 시간을 붙잡을 수 있는 사람은 없다. 그러나 시간 속에 기억을 저장할 수는 있다.

우리 마음에 별처럼 남아서 잊히지 않는다면 시간은…… 사라지는 게 아니다. 간직되는 것이다. 엄마와 함께하는 시간은 아끼지 말아야 한다. "엄마! 나랑 놀아줄래요?" 이렇게 말하고 떠나본다.

창밖에 초록 바람이 부는 곳, 그 바람을 타고 어디든 날아갈 수 있을 것 같은 제주도의 봄날에 좋은 사람과 한 달 정도 살아보기를 추천한다. 한 달 동안 제주도의 초록빛 공기를 같이 숨 쉬며 살다 오기, 그 좋은 사람을 엄마로 선정하는 것은 어떨까.

엄마와 함께 간다면 특별히 준비할 것도 없다. 제주도의 작은 바다 마을로 이사 가는 데 선크림과 챙 넓은 모자 두 개면 족하다. 옷은 두어 벌만 챙기면 된다. 모자나 옷이 모자라면 제주도 곳곳에 열리는 오일장에 가서 사도 좋다. 그렇게 떠난 제주도의 시골 마을, 작은 마당이 딸린 집에서 엄마와 단둘이 살아본다.

엄마가 좋아하는 유채꽃이 마당 가득 심어져 있는 집은 어떨까. 마루에 걸터앉아 다리를 흔들며 옥수수를 먹어도 좋고 갓 잡은 잡어 한 마리 사서 매운탕을 끓여 먹어도 좋다. 맨발을 잔디에 딛고 티 테이블에 조촐한 다과를 놓고 작게 피어오르는 텃밭의 녹색 풍경을 바라보며 차를 마시는 것도 좋다.

여름이면 해녀들을 따라가서 물질을 구경하며 갓 건져 올린 소라며 해삼을 사 먹고 엄마와 콧노래 부르며 집으로 들어와도 좋다. 겨울이라면 찬바람을 피해 집 안에서 창밖 풍경을 바라보며 대화를 나눠도 좋다. 추운 날은 엄마와 꼬옥 껴안고 서로 상처 받은 얘기를 털어놓으며 잠들어도 좋다. 엄마와 함께라면 그 어떤 것도 다 좋다.

맛집을 찾아다니는 것도 좋다. 취향이 다르다면 한 번은 엄마가 정하고 한 번은 딸이 정해본다. 제주도의 멋은 크게 두 가지다. 해안도로 걷기와 오름 산책하기. 특히 제주 여행의 백미는 아침에 산책하듯 오름을 오르는 것이다. 해안도로를 걷다가 포구에서 싱싱한 생선 지리를 먹는 것도 행복하고 해변을 끼고 나 있는 해안 도로들을 걷다 보면 "원더풀!" 소리가 절로 난다.

바쁘게 살아온 엄마와 한 달 정도 제주도에서 둘이서만 지내보는 일, 여러 상황상 어려울 것이다. 그러나 먼 훗날 돌아보면 무리해서라도 그렇게 했던 일을 내 인생에서 가장 잘했던 일로 꼽게 될지도 모른다.

이제는 마냥 그리운 잔소리

엄 마 의
잔 소 리
저 장 해 두 기

'행복'은, 존재하는 게 아니라 '발견해야 한다'는 것.
'사랑'은, 우리 인생에서 가장 소중히 간직해야 할 '아름다운 사치'라는 것.
'이별'은, 떠나는 것이 아니라 '멀리 머무는 상태'라는 것.
'꿈'은, 이룬 후가 아니라 '꾸고 있는 순간이 가장 아름답다'는 것…….

이런 인생의 진리들은 모두 엄마에게서 배웠다. 주로 잔소리를 통해서였지만 어느 날인가 소리 없는 엄마의 눈물을 통해서도 배웠다. 딸의 등을 도닥여주는 엄마의 손길을 통해서도 배웠다. 딸 인생의 스승은 엄마다. 엄마가 살아 계실 때는 잔소리가 지겨울 때가 많다. 그러나 엄마가 돌아가시고 나면 그 잔소리가 너무 그립다.

"저한테 맘껏 잔소리해보세요" 하고 그 잔소리를 영상으로 찍어본다. 또는 엄마한테 딸에게 영상 편지 한번 보내보라고 하고는 그 모습을 찍어봐도 좋다.

엄마 안 계실 때가 되면 그 잔소리가 듣고 싶어질 때가 있다. 엄마 목소리로 잔소리를 들으면 정신이 들 것 같은 순간이 온다.

엄마 안 계신 어느 날, 엄마의 잔소리나 영상 편지를 보게 되면 적어도 인생을 함부로 살지는 못할 것이다. 길을 잃었을 때 그 발길을 돌릴 수 있을 것이다.

나의 엄마여서 고맙습니다

생일상 차려드리기

음력 2월 16일, 세상이 봄빛으로 물들어갈 무렵에 엄마는 태어났다. 사랑하는 우리 엄마, 강지하 여사님의 생신이 다가오면 들뜬 마음으로 선물을 준비하곤 했다. 아주 작은 선물도 크게 받아들이며 함박웃음을 지을 엄마를 상상하면서.

그런데 정작 생일상은 한 번도 차려드리지 못했다. 고등학생 때까지는 생신날에도 엄마가 해준 밥을 먹고 선물만 전했다. 그 후 서울로 유학을 오고 나서부터는 선물을 사들고 고향에 내려가는 정도에 만족해야 했다. 식당에서 식사를 사드리는 정도에 그치지 말고 내가 상다리 휘어지게 한번쯤 생일상을 차려드릴 걸, 후회가 된다.

남편과 아이의 미역국 취향은 너무나 잘 알면서 엄마가 어떤 미역국을 좋아하는지조차 나는 모른다. 소고기 미역국을 좋아하실지, 조개나 생선 미역국을 좋아하실지……. 나는 알지 못한다.

엄마는 자식들의 생일 때마다 미역국을 끓여주셨다. 자식들마다 미역국 취향도 다 달라서 어느 자식 생일에는 소고기 미역국을, 어느 자식 생일에는 성게 미역국을 잘도 구분해서 끓여주셨다. 정말 신기한 일은, 엄마가 돌아가신 날이 언니의 생일이었는데 조문객들에게 주는 국으로 성게 미역국이 나왔다. 언니가 가장 좋아하는 미역국이 성게 미역국이다. 엄마는 딸의 생일상을 돌아가신 후에도 차려준 것이다.
그날, 엄마의 마지막 성게 미역국을 먹으며 딸들은 국그릇에 눈물을 뚝뚝 떨어뜨렸다.
"언니, 엄마 생일상 차려드려봤어?"

"아니."
네 자매 모두 엄마의 생일상을 차려드리지 못하고 보내드렸다.

엄마 살아 계실 때, 생일상을 꼭 차려보기를. 조금 서투르면 어떤가. "어떤 미역국 좋아하세요?" 묻고 엄마가 좋아한다는 미역국을 끓여보면 어떨까. 욕심을 부린다면 케이크도 직접 만들고 엄마가 좋아하는 반찬 몇 가지 만들어 정갈한 생일상을 차려드리자. 정성껏 준비한 선물에 이런 내용의 카드를 끼워넣는 것은 어떨까.

> 저는 전생에 무슨 덕을 쌓았길래 엄마의 자식으로 태어났을까요? 엄마가 우리 엄마라는 사실은 제 인생 최고의 행운입니다.
> 엄마의 자식으로 태어나게 해주신 신께 감사합니다. 엄마가 계시기에 고통스러울 때마다 다시 힘을 냅니다. 엄마가 계시기에 눈물이 날 때마다 차라리 웃어봅니다. 엄마가 계시기에 무릎이 꺾일 때마다 주먹 쥐고 일어납니다. 엄마가 계시기에 땅을 보는 시선을 들어

하늘을 봅니다.

내 삶의 이유, 내 삶의 힘, 내 삶의 배경인 우리 엄마.

○○○ 여사님의 생일은 제 생일과 마찬가지입니다.

엄마의 사랑이 제게 오신 날이니까요.

오늘은 진실게임 하는 날

커플 잠옷 입고
한 침대에서
잠들기

엄마 품속을 파고들어야 잠이 오던 시절이 있었다. 다른 방에서 잠들어도 베개 들고 엄마 방으로 기어이 들어가 괜히 엄마 품을 파고들었던 어린 시절, 아무리 잠 못 드는 밤이어도 엄마 내음 맡으며 엄마 숨소리 들으면 어느샌가 달콤한 잠이 쏟아졌다. 그런데 이제 엄마 품속을 파고들 기회가 없다. 불면의 밤이 계속되던 어느 날, 엄마 품속이 그리워서 눈물이 났다. "왜 잠이 안 와? 무서운 꿈 꿨어?" 하며 꼬옥 안고 등을 토닥여주던 엄마가 너무나 보고 싶었다.

어릴 때 기억 하나, 자다가 중간에 깼는데 엄마가 내 몸에 귀를 대고는 걱정스럽게 나를 보고 있었다. 내가 숨을 안 쉬는 거 같아 걱정돼서 그랬다나? "그게 무슨 소리야?" 하고 웃고 말았는데 얼마 지나지 않아 엄마의 그때 마음을 짐작할 수 있게 되었다. 아이가 태어나 얼마 안 됐을 때 어디 잘못되기라도 할까봐, 누가 업어가기라도 할까봐, 때로는 이 기적이 나에게 온 게 신기해서 밤새 아기 앞에 뜬눈으로 앉아 있었던 적이 있었다. 김동률 노래 가사처럼…….

너무 좋아서 너무 벅차서
눈을 뜨면 다 사라질까봐
잠 못 들어요

엄마도 품속에 잠든 내가 너무 사랑스러워서 잠 못 드는 날이 있었던 것이다.

이제 한 이불을 덮고 잠들 엄마가 계시지 않다. 엄마가 돌아가시고 나서 한동안은 부재가 실감나지 않았다. 그러다 전화를 걸어도 받아줄 엄마가 이 세상에 안 계신다는 게, 무서

운 꿈을 꿔도 안아줄 엄마가 계시지 않는다는 게 점점 실감나면서 그리움에 가슴이 아린다. 엄마의 냄새를 맡으며, 때로는 먼저 잠든 엄마의 숨소리를 들으면서 잠들 수 있다는 게 얼마나 행복한 일이었는지 뒤늦게 깨닫는다.

가끔은 엄마와 한 이불 속에서 잠들어보는 건 어떨까. 순면으로 된 촉감 좋은 커플 잠옷도 준비하면 더 좋겠다. "아, 엄마 냄새~" 어린 시절처럼 어리광도 부리면서 품속을 파고들어보는 것이다.
엄마와 같이 누워 도란도란 얘기를 나누고 천장을 보며 노래도 불렀다, 진실게임도 해보다가 누가 먼저랄 것도 없이 잠이 든다. '고요히 주무시던 엄마가 이제 연세 드니 코를 다 고시네…….' 마음이 짠해질지도 모른다. 그러나 다음 날이면 엄마가 코를 골았다는 이야기는 빼자. 어쩜 주무시는 모습이 그렇게 천사 같냐며 좋은 말만 해드리자.

늦기 전에 시도해보기를. 커플 잠옷을 입고 이 얘기 저 얘기 토닥거리며 웃다가 한 이불 덮고 스르륵 잠들기를.

가정 CEO,
아름다운 선영씨

엄마 명함
만들어주기

독일의 철학자 헤겔은 "역사는 인정 투쟁의 역사"라고 말했다. 비단 사회에서만 일어나는 일은 아닐 것이다. 존재의 가치를 찾기 위한 인간의 본능은 사회적인 투쟁 못지않다. 인정해주지 않으면 전쟁이 오고, 인정해주면 평화가 온다. 가정에서도 각자 존재와 가치의 자리가 있다. 거기서 소외되면 문제가 일어나거나 드러나지 않더라도 문제가 잠재돼 있다.

예전의 엄마들은 대부분 이랬다. 아침이면 바쁘게 일터나 학교로 가는 식구들을 보면서 뒤에 남아 바로 행동을 개시한다. 소위 집안일이라는 것. 그런데 나이 오십을 넘어서면 바로 행동 개시가 안 되고 한숨부터 나온다. 한참을 애를 써야 겨우겨우 행동을 개시하게 된다.

요즘이야 엄마들도 대등하게 사회생활을 하는 시대지만, 예전 시대에는 가사 일을 전담하는 경우가 많았다. 사회 활동 대신 집안의 경제와 식생활, 교육을 전담하며 그냥 엄마로 불릴 뿐이다. 집안에서의 위치가 절대적인데도 그냥 엄마로만 존재해온 것이다. 동창회에 갔을 때나 은행에 갔을 때 이름을 불리는 것 외에는 본인 이름으로 불려본 지도 오래되었다.

엄마는 '엄마' 말고 이름으로 불릴 만한 가치가 있다. 엄마의 존재 확인이랄까, 존재 증명이랄까. 김춘수 시인이 시 〈꽃〉에서 '내가 그의 이름을 불러주었을 때 그는 나에게로 와서 꽃이 되었다'고 했는데 이는 바로 존재의 의미를 말하는 것이다.

지구에서 살다 갔다는 가장 큰 존재 증명은 사람과 사람 사이의 마음이긴 하지만, 그래도 엄마에게 확실하게 존재 증명을 해드리면 어떨까. 바로 명함을 만들어 드리는 것이다. '가정 CEO 최은주' 혹은 '우리 집 대장 박은희' '아름다운 사람 김정순' 등등……. 명함을 만들어 명함 지갑과 함께 선물해보자.

"늘 정은이 엄마로만 불렸는데 이젠 엄마 이름으로 살았으면 해요"라고 하면서.
"앞으로 엄마 인생 좀 찾았으면 좋겠어요. 다른 가족에게 연연하지 말고 엄마에게 집중하고 엄마가 즐거웠으면 좋겠어요. 이제 우린 케어가 필요하지 않아요. 알아서 할 수 있어요. 엄마라는 직업을 전부라고 생각하지 말고, 취미 생활도 하면서 인생을 새로 시작해보세요. 제가 도와드릴게요"라고 하면서.

엄마의 몸에 배인 것은 헌신이지만, 사실 가족 모두가 요구한 것은 아니다. 물론 엄마가 없는 집은 텅 빈 것 같지만 또한 잔소리가 없으니 편한 공간이 되기도 한다. 엄마가 집안에서만 존재감을 찾지 말고 앞으로의 즐거움을 개척해나가면 좋겠다는 게 딸의 마음이다. 명함 하나에 다 담지 못할 너무나 큰 존재가 엄마지만, 그래도 재미로 지니고 다니라며 딸이 만들어준 명함, 그걸 받는 엄마의 마음이 얼마나 행복할까.

사회생활을 하는 엄마라면 명함을 굳이 만들지 않아도 된다. 그럴 땐 명함 속의 이름을 종종 불러주자. "명선 부장님!" "은영 소장님!" 하고. 일주일에 한 번 일요일만이라도 굴러가는 나뭇잎에도 웃음 짓는 감성을 되살려 엄마의 이름을 불러드린다. "선영씨~" "정순씨~" "미선씨~"……. 딸에게 이름을 불리는 것만으로도 엄마의 마음은 콩닥콩닥 설렌다.

가장 안전하고 달달한 길을

엄마
드라이브
시켜주기

누군가와 차 안에 있을 때는 서로 다정한 분위기인 게 좋다. 잔소리는 하지 않는 게 좋다. 그 사실을 잘 알면서도 세상에서 가장 편한 사람과 차 안에 있을 때는 감정이 고스란히 직송 배달돼버린다. 그러나 그렇게 백 번 짜증을 부렸다 해도 단 한 번에 녹아들게 하는 방법이 있다. 바로 엄마와 함께하는 드라이브다.

일생일대의 달달한 데이트를 엄마와 단둘이 하는 날, 내가

직접 운전해서 맛집에도 모셔 가고 엄마를 하루 종일 쉬게 해드려 본다. 그러려면 조건이 있다. 드라이브하는 차 안에서 안 좋은 얘기는 절대로 하지 않기, 좋은 얘기만 하기, 드라이브할 때 한 말은 더더욱 기억에 남기 때문이다.

치밀한 준비로 디테일하게 준비한 모녀 드라이브 코스! 딸의 안전한 운전으로 코스모스길을 드라이브하고 온 엄마는 그날 오랜만에 쓴 일기에 이렇게 적을 것이다. 이 세상에서 가장 행복한 사람은 바로 나, 딸과 멋진 드라이브를 하고 온 자신이라고.

엄마와 떠나는 드라이브 길엔 좋은 기억만 남기기로 한다. 차 안은 가장 달콤하고 안전한 공간으로 만들고 엄마 손을 잡고 말해본다.
"엄마 힘들지?"
딸의 이 한마디는 놀라운 위안을 가져다준다. 한마디에 엄마의 시름과 피로가 다 녹아내린다.

풀 내음을 베개 삼고
별빛을 천장 삼아

엄 마 와
글 램 핑 하 기

엄마들에겐 텐트에 대한 로망이 있다. 늘 머무는 집을 떠나 익명이 보장되는 어딘가에서 누구의 눈치도 보지 않고 자연과 함께 지내다 오는 로망 말이다. 집이 현실이라면 텐트는 걷어버리면 사라지는 한순간의 낭만이다.

텐트는 엄마의 추억이기도 하다. 해변이나 계곡에 텐트를 치고 그 안에서 라면을 끓여 먹고 인스턴트 커피도 마시고 기타를 치며 싱어롱했던 추억, MT 가서 캠프파이어를 하던 추억. 그 추억 속으로 들어가 텐트 안에 누워 있으면 산그늘은 베개가 되고 밤하늘의 별은 천장이 된다. 밤이면 별빛이 눈썹 가까이까지 내려와 '괜찮아, 괜찮아, 다 괜찮아……' 속삭여준다.

냇가로 가면 물속의 송사리가 발가락을 간질인다. "내가 아빠 닮아서 발이 못생겼나봐", "내가 엄마 닮아서 새끼발가락이 긴가봐" 하며 깔깔대본다. 야외에서 만들어먹는 음식에는 숲 내음이 가득 들어 있다. 햇살과 바람이 조미료가 돼준다.

글램핑glamping은 비교적 비용이 들어가는, 고급화된 귀족적인 야영을 뜻한다. 캠핑을 간다고 하면 아직도 엄마는 예전의 텐트만 떠올릴지도 모른다. 그런 엄마에게 새로운 글램핑의 세계를 선사해보는 거다. 팍팍한 일상 속의 작은 사치랄까. 캠핑을 가면 엄마가 텐트를 치고 식사 준비를 하려고 들 수 있으니 엄마의 손도 쉴 수 있는 글램핑을 가보자.

딸에게도 야영장에서 캠핑을 하던 추억이 있다. 조별로 텐트를 치고 저녁으로 각자 준비해온 요리를 만들어 먹곤 했다. 캠핑의 하이라이트 캠프파이어를 하면 그중에 한두 명은 꼭 엄마가 생각나서 울기도 했다.

캠핑의 추억들을 도란도란 이야기하다가 분위기가 무르익으면 엄마의 첫사랑 얘기가 나올 수도 있다. 엄마 젊은 날의 텐트 안에는 풀벌레가 울고 버너에 커피 물이 끓고 있고 한 켠에는 기타가 놓여 있다. 그리고 이별이 예정된 줄도 모르고 설레었던 남자도 있었을 수 있다.

"그날 밤, 갑자기 소나기가 세차게 쏟아져서 텐트를 걷고 손전등을 들고 피신하지 않았다면 텐트에서 무슨 일이 벌어졌을지도 몰라."

이런 엄마의 얘기를 들으며 딸이 맞장구친다.

"그 남자 엄청 킹카였다며? 아, 진짜 아깝다."

깔깔거리며 엄마와 친구처럼 대화해본다.

풀 내음 흙 내음 맡으며 아무것도 하지 않고 그저 앉아서 풍경만 바라보면 또 어떠랴. 저 멀리 산과 나무들이 한 폭의 명화가 되어준다. 거기다 신께서 한 수 곁들이면 석양까지 물들어준다. 어둠이 내리면 밤의 호수 혹은 밤바다는 별빛으로 새로이 단장해 보석처럼 빛난다. 캠핑의 꽃은, '불멍(모닥불을 쳐다보며 멍때리기)'이라지 않는가. 눈의 초점이 흐려진 채 불멍 타임을 보내며 불씨 속에서 노릇노릇 구워진 감자나 고구마를 꺼내 먹는 맛이란!

어쩌다 비가 오면 더욱 좋다. 날씨가 맑으면 기억, 비 오면 추억이라고 했던가. 우중 캠핑은 오래오래 추억을 남긴다. 빗소리 중 최고는, 캠핑 중인 텐트 위에 빗방울이 떨어지는 소리다. 타닥타닥타닥……. 빗소리를 들어본 적이 언제던가. 비를 바라보다가 문득 엄마와 딸이 함께 우산을 쓰고 한 바퀴 우중 풍경 속을 산책해도 좋다.

딸이 활짝 웃어준다면 그 캠핑장은 우주에서 가장 행복한 공간이 될 것이다.
"넌 나이가 젊어서가 아니라 젊은 생각을 갖고 있기 때문에 젊은 거야. 그리고 얼굴이 예뻐서만이 아니라 예쁜 표정까지 지어서 더 예쁜 거야. 사랑한다, 우리 딸~."
이런 고백에도 손발이 오그라들지 않는 것은, 그곳이 캠핑

장이기 때문이다. 엄마와 딸은 그 시간 속에서 영화 〈비포 선라이즈Before Sunrise〉 셀린의 말에 깊이 공감한다.

> "신이 있다면 너와 내 안에 있는 것이 아니라
> 우리 사이의 공간에 있을 거야."

예전엔 매력 있는 남자들이 한강변에 몰려 있었다. 자전거를 타는 남자들 말이다. 그런데 요즘은 글램핑 장으로 많이 간다고 한다. 그러나 아무리 '만찢남' 같은 매력남이 다가와도 캠핑장에서는 엄마에게 집중하자. 엄마가 0순위인 순간이 평소에 그리 많지 않으므로. 적어도 함께 떠난 글램핑 장에서만큼은 엄마가 0순위, 스페셜 VVIP라는 것을 잊지 말자.

엄마와 함께 떠나는 캠퍼스 투어

엄마에게
내가 다닌
학교 보여주기

어느 나른한 휴일 오후에 엄마와 함께 내가 다녔던 학교의 캠퍼스나 운동장을 걸어보면 어떨까.
"저 사회교육관 건물은 내가 처음에 논술 시험 보러왔던 곳이야."
"우리가 들어가는 이 건물은 인문관, 내가 늘 수업 들었어. 제일 많이 헐레벌떡 뛰어왔던 강의실로 갈 거야."
친구를 대리 출석해주다 들킨 사건도 말하고 그 친구 근황도 애기하면서 엄마와 걸어본다.

강의실에 도착하면 엄마에게 교수님이 되어 강의해보라고 요청하자. 그날은 엄마가 아닌, 인생의 멘토가 하는 강의를 귀 기울여 들어본다. 엄마의 인생이 녹아 있는, 아주 현실적인 인생 철학이 나올 것이다. 그러면 물개박수를 쳐주며 뜨겁게 엄마를 칭찬해본다.
"엄마 진짜 최고다. 명강의 최고!"

엄마와 학교 여기저기를 걸으며 얘기를 나누다 학교 앞 맛집으로 가본다. 거기서 가장 인기 있는 메뉴를 먹는다. 어쩌면 50년 넘게 산 엄마보다 20년 산 딸이 더 다양한 음식을 먹어봤을 것이다. 엄마는 된장찌개만 좋아하는 줄 알았는데 아이스크림 와플을 그렇게 좋아하는 줄 몰랐을 수도 있다.
식사 후 카페에 가서 각자 좋아하는 차를 마시면서 음악을 듣거나 수다를 떨어본다. 학교 앞 팬시점에서 예쁜 펜이나 수첩도 사고 서점에 들러 산 책을 가슴에 품어본다. 캠퍼스나 운동장, 강의실을 배경으로 함께 사진도 찍어본다.

엄마에게 학창 시절을 가져다줄 수는 없다. 하지만 학생으로 돌아가는 기분을 선물할 수는 있다.

내 곁에 있어줘서 고마워요

엄마에게
하루 한 번
고백하기

텅 빈 집 안에서 혼자 멍하니 TV 화면을 응시하는 엄마, 거울 속의 얼굴을 보며 '내가 언제 이렇게 늙었지' 생각하며 얼굴을 쓸어보는 엄마, 병실 침대에 누워 노을 지는 창밖을 바라보는 엄마, 아직도 생활비를 버느라 생의 언덕을 헉헉대고 오르는 엄마…….

이 세상의 엄마들은 다 외롭다. 일단 중년의 나이를 거쳐 노년으로 간다는 시간 감각 자체가 뼈에 사무치게 외롭다. 혼자 그 시간을 견디고 있는 엄마는 위로가 필요하다. 위로 중에 가장 큰 위로는 역시 딸의 고백이다.

"엄마, 사랑합니다."
하루 한 번 그 고백을 건네기를.

사랑은 발이 없어 상대에게 닿지 못한다. 내가 사랑하는 거 알겠지, 싶지만 엄마는 독심술사가 아니다. 엄마가 안 계신 후에 고백해도 소용이 없다.

늦지 않게 고백하기를.
습관처럼 고백하기를.
"엄마. 내 곁에 있어줘서 고마워요."

끝까지
우릴 잊지 말아요

엄마
뇌 건강
프로젝트

병원 검진 센터에서 만난 어느 엄마는 치매 검사를 받으러 왔다고, 자식들이 걱정할까봐 혼자 몰래 왔다고 했다. 기다리는 동안 걱정이 이만저만이 아니었다. 엄마들에게 제일 두려운 것은, 언젠가 자신이 자식에게 폐를 끼치는 존재가 되는 것이다. 다른 병은 의식이 멀쩡하니 고쳐나가면 되지만 치매는 의식이 없어 자식들이 고생한다는 사실조차 모를 텐데 어떻게 하나, 하는 공포가 노년의 엄마들에게는 존재한다.

딸들도 마찬가지다. 가장 걱정되는 일이 엄마의 기억이 사라지는 것이다. 딸바보인 엄마가 어느 날 "누구……세요?"라고 한다. 늘 딸이 가득 들어 있던 엄마의 눈동자가 휑하니 비어버리면 너무나 낯설고 두렵다. 딸이 이 세상에서 가장 슬픈 건 엄마에게 잊히는 일이 아닐까.

잔소리 대마왕이던 엄마가 어느 날 말이 뚝 끊긴다고 상상해보면 아찔하다. "넌 무뚝뚝하고 까칠해서 걱정이다"부터 시작해서 "결혼 안 하냐"고 매일 귀에 딱지가 생기도록 재촉하던 엄마. 출근길엔 엘리베이터까지 쫓아와서 비타민을 먹이던 엄마가 어느 날 갑자기, 잔소리를 뚝 끊고 엉뚱한 세계 속에 갇혀버린다면……. 엄마의 뇌 안에 딸은 사라지고 다른 세계가 들어차 있다면……. 상상만 해도 가슴이 미어진다.

아직 엄마와 쌓을 추억이, 함께할 일이 너무 많은데 어느 날 엄마가 딸을 몰라보는 상황을 마주하면 하늘이 무너지는 느낌을 받는다. 나도 엄마가 어느 날, 멍한 눈동자로 아무 것도 하지 못하고 그 어디도 가지 못하게 되는 상상이 현실로 발생하자 가슴을 치며 후회했다.

이럴 줄 알았다면 엄마가 그렇게 보고 싶어 하던 부산 외삼촌을 뵈러 갈 걸. 막내 동생인 외삼촌을 그렇게 마음 걸려 하셨는데……. 아파서 입원해 있는 외삼촌을 그렇게 보고 싶어 하셨는데……. 엄마가 외삼촌도 몰라보게 되어버렸을 때야 깨달았다. 지금만 존재할 뿐, 나중은 없다는 것을.

엄마의 정신은 영원을 약속해주지 않는다. 엄마의 정신이 가출해버리면 그때는 추억을 공유할 수도 없다. 좋았던 옛날 얘기도 할 수 없다. 우리의 역사가 증발해버린다.

어느 날 갑자기 왜 모든 걸 망각해버리는 일이 일어날까? 원인은 아직도 해명되지 않았지만 무수한 연구가 진행되고 있고 치료약도 개발 중이다. 일단 예방할 수 있다면 노력해야 한다. 피 속 당분 농도가 알츠하이머와 관계가 있다는 연구 결과가 있으므로 당분 섭취를 줄이는 것도 방법이다. 당분을 과도하게 섭취하면 몸에서 인슐린 저항성이 생길 수 있고, 이로 인해 뇌세포에 유해 단백질이 쌓여 굳는다고 하니 과도한 섭취는 경계해야 한다.

꾸준한 운동, 뇌를 자극하는 취미, 바른 식단. 이것이 치매 예방 3대 조건이다. 손을 자주 움직이되 한쪽만이 아닌 양쪽 다 움직이는 것이 좋다고 하니 늘 오른손으로 하던 칫솔질을 왼손으로도 해본다. 일주일에 몇 번이라도. 뇌 기능을 활발하게 만들어주는 견과류를 챙겨 먹고 일주일에 3회 이상 30분 정도 빠른 걸음으로 걷기 운동을 한다. 사람들과의 접촉을 기피하는 경우 치매 위험이 3배나 높아진다고 하니까 시청이나 동사무소 등의 단체에서 진행하는 평생 학습 프로그램에 참여하는 것도 좋다.

엄마의 치매를 막기 위한 뇌 건강 지도를 같이 그려보자. 치매 예방 프로젝트는 하루라도 빨리 시작하는 게 좋다. 등 푸른 생선, 블루베리, 시금치, 아보카도 등 비타민이 풍부한 과일과 채소를 준비하고 소식하는 엄마라면 보조 영양제의 도움을 받는 것도 좋다.

엄마를 재발견하는 순간들

엄마 버킷 리스트 도와주기

어느 모녀가 엄마의 생일날 케이크에 촛불을 켜고 대화를 하고 있었다.

“엄마 꿈은 뭐였어?”

“있었는데 오래 전에 포기했어.”

“뭐였는데?”

“요리사.”

“정말? 그럴 리가…… 엄마 요리 맛없는데?”

“무슨 소리! 엄마는 건강식 해주느라 조미료 안 써서 그래.”

"조미료 안 쓰고 맛있게 하는 게 재능 아닌가? 꿈 버리길 정말 잘했네."
포커페이스를 못하는 딸은 언제나 이렇게 직격탄을 쏜다. 그러나 딸이 아무리 수류탄을 날려도 엄마 가슴에 닿으면 비비탄도 못 되고 그냥 사라져버린다. 딸이기에 그 어떤 말도 스며들고 녹아버린다.

가족 간 내밀한 사정까지 다 아는 모녀는 어떤 슬픔과 기쁨도 공유하고 이해하는 사이이다. 친구끼리도 눈치 보여서 말하기 꺼려지는 아픈 얘기까지 엄마와는 나누고 치유 받을 수 있다. 싸웠다 해도 어쩔 수 없이 화해할 수밖에 없는 사이다.

이 모녀의 대화는 이렇게 이어졌다.
"근데 딸, 너도 꿈이 있지? 네 꿈은 뭐야?"
"내 꿈? 나도 오래 전에 포기했어."
"잘 했어. 꿈 갖고 살아봐야 피곤할 수 있어. 언제나 네 인생 응원해. 꿈 포기한 것도 축하해."

그렇다. 꿈도 사실 움직인다. 오래 전의 꿈을 평생 간직할 필요는 없다. 포기한 꿈이 있다면 다시 다른 꿈이 생길 수 있으니까, 굳이 꿈에 압박당할 필요는 없다.

모녀의 대화가 다시 이어졌다.
"엄마, 옛날 꿈 말고 혹시 새롭게 이루고 싶은 꿈은 없어?"
"있어. 생겼어."
"뭔데? 서예? 그림?"
"내 새로운 꿈은…… 이거 인생 버킷 리스트 1호인데, 미국에서 지내보는 거야."
미국 마트에 가서 식품도 사고 뉴요커처럼 지내보는 게 엄마의 꿈이라니. 요즘은 60대에도 유학을 간다고 하니 도전해보라며 엄마의 토익 학원 등록을 도와주고 응원도 해준다. 눈만 마주치면 딸은 외친다.
"엄마, 공부하세요!"

엄마에게 미국행이 1순위 꿈이라면 딸은 요즘 새로운 꿈이 생겼다고 한다. 런던의 친환경 마을 베드제드로 엄마와 여행 가서 며칠 지내보는 것이다. 베드제드는 런던 남단 서턴

지역에 지어진 영국 최초의 친환경 주거단지이다. 일상용품도 전부 재활용품이고 채소도 완벽한 유기농이라고 한다. 몸에 좋은 채소를 유난히 좋아하는 엄마를 위해 공기 좋은 베드제드에서 일주일이라도 지내며 좋은 공기와 좋은 음식을 먹다 오고 싶다. 이게 딸에게 새로 생긴 꿈이다.

엄마와 꿈 동업자로 협업하고 싶은 딸의 마음. 엄마의 예전 꿈은 소멸했지만 새로운 꿈을 하나씩 이뤄가도록 엄마가 늘 해줬던 것처럼 옆에 있어준다면, 응원해준다면, 그 응원의 기운과 행운이 딸에게도 돌아온다.

언젠가는 이뤄드릴 당신의 여행

추천 여행지
예약하기

엄마의 삶은 고단하다. '중년의 고3'이라는 말이 있다. 고단하고 고독하고 고통스럽다는 중년의 고3. '이제 여자로서의 삶은 끝인가' 하는 생각이 마음속에 머뭇댄다. 더구나 자식의 인생이 고스란히 내 인생으로 영입됐다. 나만의 인생이 아니라 자식의 인생이 내 인생 자체가 된다는 무게감에 늘 고단하다. 사람들과 만나서 풀어보려고 하다가 비교의 고통까지 덤으로 받아오기도 한다.

엄마는 풀어야 하고 걸어야 하고 떠나야 한다. 비교의 현장에서 벗어나서 숨을 크게 들이쉬는 시간이 필요하다. 많이 걷고, 깊은 숨을 쉬고, 맛있는 음식을 먹으며 햇볕을 쪼이는 시간을 꼭 가져야 한다.

갱년기 치료약보다 여행지를 추천하고 숙박을 예약해주는 딸의 마음이 더 특효약일 수 있다. 햇빛을 받아야 뇌 안에서 분비되는 세로토닌의 양이 많아져서 우울감을 퇴치할 수 있다는데 갱년기 우울증에는 세로토닌이 특히나 더 필요하다. 엄마를 되살리는 세로토닌 여행을 추천하고 예약해본다. "친구분들과 함께 여행 가세요"라고 말하며……. 여행을 가서 햇볕을 쬐면 몸속의 비타민 D가 많아지고 비타민 D는 세로토닌을 많이 분비하니까 엄마는 기분이 좋아져서 돌아올 것이다.

"언제 다낭에 마사지 받으러 가세요. 거기 전신 마사지가 유명하대요."
"나 영어 못해서 어떻게 해?"
"영어 못한다고 겁먹을 필요 없어요. 그 사람들 대충 한국말 알아들어요. 한국말로 '괜찮아요?'라고 물어본대. 어깨 풀어주고 다리, 허리 아픈 데 다 풀어주고. 엄마 팔 관절 안 좋은 데 그거 다 풀어줄 거야. 뭉쳐 있는 부분 집중적으로 해주고. 다낭 같은 곳엔 전신 마사지 받아도 저렴하다잖아. 그리고 계란 볶음밥이 맛있다니까 그것도 드시고 오세요. 아, 마사지 두 시간이나 할 때는 차를 미리 주는데 많이 마시지는 마. 중간에 화장실 가고 싶으면 마음이 편하지 않거든."

딸이 추천한 여행지는 상상만 해도 설레 엄마의 입가에 웃음이 번진다. 치밀하게 일정을 짜고 숙박업소도 예약하는 딸이 든든하다.

"엄마, 언젠가는 저랑 같이 최고급으로 여행 보내드릴게요. 아직은 못 보내드리지만, 언젠가 국빈 방문할 때 묵는 최고급 호텔을 예약하고 목적지가 어디든 편하게 운전해줄 기사를 섭외하고 사고 싶은 거 먹고 싶은 거 팍팍 돈 쓰는 해외여행 꼭 보내드릴게요."

"말만 들어도 신난다."

"근데 많이 기다려주셔야 해요. 그러니까 건강해야 해."

1초 웃음의 효과

엄마를 보며
수시로
미소 짓기

가족 사이에 가장 필요한 표정은 눈과 눈이 마주칠 때 방긋 웃어주는 미소다. 아무리 힘들어도 그 표정 하나, 0.1초간의 웃음은 24시간을 견딜 힘을 준다.

라디오에서 어떤 엄마의 사연을 들었는데 어느 날 문득 죽고 싶어졌다고 한다. 사방을 둘러봐도 기댈 곳 없이 막막하고 집 나간 남편은 기약이 없고 시댁 부모들은 기를 쓰고 자신을 탓하고 쌀독이 비어서 당장 내일 생계를 걱정하는 상황이었다. 절망에 빠져 마음을 달리 하려고 하던 날이었다. 학교에 가는 딸이 엄마를 보더니 얼굴 가득 활짝 웃더란다. 힘내라는 말도 없이 그냥 엄마를 보고 웃고 가는데 그 웃음이 자기를 살렸다고 했다. 딸의 그 웃음이 아니었으면 지금 어떻게 됐을지 모른다는 사연이었다.

어떤 딸의 사연도 들었다. 행복하게 잘 살겠다고 웃으며 결혼한 딸이 만삭의 몸으로 이혼하고 친정으로 돌아가게 되었다. 오랜 진통 끝에 아기를 낳았는데 진통하는 동안 옆에서 손잡아준 엄마 때문에 너무나 마음이 아팠다. 애 딸린 백수 이혼녀인 딸을 다시 받아들이면서 얼마나 속이 아프실까. 그래도 엄마는 딸의 손을 잡고 말한다.
"너는 지혜롭고 현명해서 잘 이겨낼 거야. 앞으로 즐겁고 행복하게 살 날이 얼마나 많니? 힘들면 엄마한테 기대 살아."
그렇게 말하는 엄마의 수척해진 얼굴에 가슴이 아파서 펑펑 울고 말았다는 사연이었다. 그러나 엄마를 보고 힘내야겠다고 기운을 내고 새로운 마음가짐으로 이름도 개명하고 회사에 다니며 이제 웃음도 찾았다는 이야기였다.

엄마에게 보내는 미소는 "나 정말 잘 살게요"라는 뜻이다. 엄마에게 짓는 웃음은 "나 잘 견딜게요. 걱정 마세요"의 의미다. 엄마에게 보내는 환한 얼굴은 "나 낳아주셔서 감사합니다. 앞으로 잘 살게요"의 표현이다. 당당하게 잘 살 테니까 이제 걱정 마시라는 딸의 생에 대한 다짐이다.

영국 소설가 로렌스 스턴도 이런 말을 했다.

> "사람이 미소 지을 때마다 인생이라는 조각에 뭔가가 더해진다."

엄마는 딸이 지어주는 웃음 하나로 견딘다. 세상에서 엄마를 가장 편하게 해주고 싶지만, 가장 편하다는 그 특별한 관계 때문에 딸은 엄마에게 기댈 수밖에 없다. 절대 아이를 엄마에게 맡기지 말아야지 했는데 엄마에게 아이를 맡겨야 하는 상황이 온다. 엄마는 친구들과 만나는 거 좋아하는데 손주 돌보느라 친구들도 못 보고 늙어가는 게 안타깝다. 그러나 어쩔 수 없이 엄마 손을 빌려야 하는 딸의 마음이 미어진다.

엄마와 딸이 꼭 좋은 일이 있어서 웃는 것은 아니다. 미안한 일이 있어도 웃음 하나로 엄마의 마음을 녹일 수 있다. 별일이 없어도 하루 한 번 딸의 미소로 엄마는 견뎌나가는 것이다.

엄마와 눈이 마주치면 싱긋, 웃어드리자. 딸의 표정 하나에 엄마의 마음은 천국과 지옥 사이를 왔다 갔다 하니까.

나의 봄날을 주신 엄마에게

엄마와 벚꽃 놀이 가기

긴 겨울이 지나고 묵은 세월의 언덕을 올라가다 보면 한순간 벚꽃이 피어난다. 어느 봄날의 어느 순간, 벚나무는 갑자기 짠! 하고 보여준다. 수없이 많은 작은 별들을.

벚꽃이 피어나는 벚꽃 새해, 그 느낌이 시작되는 바로 그 주를 놓치지 말아야 한다. 벚꽃 구경이나 얘기는 친구들이랑 해야 제맛이라지만 어느 해 봄날은 엄마와 벚꽃 놀이를 가 본다. 한 해는 엄마에게 벚꽃 자리를 드려보자.

잔인하도록 눈부신 어느 날, 엄마와 벚꽃처럼 살랑거리는 마음을 들고 벚꽃 놀이를 가본다. 꽃잎보다 많은 인파가 몰려 있어도 벚꽃 길은 언제나 기쁨으로 넘친다. 벚꽃 보러오는 사람들 얼굴이 꽃이다. 벚꽃 보러오는 사람들 마음이 꽃이다. 사람들이 몰려서 떠밀리듯 걸어도 표정은 밝다. 소풍길 아이들의 표정처럼 한껏 들뜬 모습들이다.
벚꽃 길에 마련해놓은 포토 존에서 사진을 찍어본다. 엄마와 함께라면 서로 모델 놀이를 하면서 사진을 찍어주는 것도 큰 재미다. 벚꽃 놀이를 하면서 먹는 음식으로는 샌드위치나 김밥이 꿀맛이다.

폈다 하면 금방 또 져버리는 벚꽃. 내일을 기약할 수 없기에 피어나는 즉시 벚꽃 놀이를 떠나야 한다. 이 유한성이 매력이다. 일주일 정도 절정을 지난 벚꽃은 어느새 벌게진다. '꽃 핀 자리는 비명이고 꽃 진 자리는 화농'이라던 안도현 시인의 시구가 생각난다.

벚꽃 길을 걷다가 문득 엄마가 혹은 딸이 옛 생각이 갑자기 몰려들어 눈물이 날 수도 있다. 그래서 선글라스는 필수다.

왜 이렇게
가벼워졌어요?

엄마 업고
걸어가기

어린 시절 엄마에게 업혀 가던 기억은 아직도 생생하다. 엄마가 나를 업고 걸어가면 산들산들 부는 바람에 꽃향기가 묻어와 내 뺨을 향긋하게 간질이곤 했다. 그러면 졸음이 솔솔 오기 시작하면서 엄마의 등을 더 깊이 파고들곤 했다. 세상에서 가장 편안하고 세상에서 가장 향긋한 곳이 엄마의 등이었다. 집에 다 와도 내리기 싫어서 벌써 잠이 다 깼는데도 계속 자는 척했다. 이불에 눕히려 해도 엄마 등에서 떨어지기 싫었다.

그렇게 엄마 등에 업혀 간 기억은 생생한데, 엄마를 업고 걸어볼 생각은 왜 못했을까. 왜 한 번도 엄마를 업고 걸어보지 못했을까.

신께서 나에게 엄마와의 시간을 잠시라도 허락한다면 나는 엄마를 업어드릴 것이다. 어부바, 하며 내 앞에 등을 대고 앉던 엄마처럼 등을 대고 앉아 어서 업히라고 말할 것이다. 그리고 가랑잎처럼 가벼운 엄마를 업고 산책할 것이다.

그러나 이 후회는 부질없다.
엄마는 기다려주지 않는다.
엄마와의 시간은 그리 길지 않다.

에필로그

너무 좋아요, 아무 때나 떠나는 것은.

팔짱을 끼고 노래를 불러요.

너무 좋아요, 서로 부드러운 말을 하는 것은.

우리의 행복한 얼굴을 보며

지나가는 사람들이 우리를 부러워하네요.

– 샹송 〈세시봉(C'est si bon, 너무 좋아요)〉 중에서

사랑은 그 사람이 행복하기를 바라는 마음이다. 그 사람이 기뻐하며 웃는 모습을 보고 싶은 마음이다. 그런데 그 방법을 알지 못해 엄마를 더 쓸쓸하게 만들면서도 딸은 위안을 삼는다. 굳이 표현하지 않아도 엄마가 알아줄 것이라고.

그러나 사랑은 발이 없어서 엄마 마음에 가서 닿을 수가 없다. 사랑은 그냥 있는 것이 아니라 발견하는 것이다. 사랑의 방법은 마음에만 담아두는 것이 아니라 발명해내는 것이다.

엄마와 함께하고 싶은 일들은 그리 거창하지 않아도 좋다. 소소한 행복도 얼마든지 크게 엄마 가슴에 닿을 수 있다. 딸의 사랑이 엄마 마음에 등불을 켜고 꽃밭을 만든다. 엄마는 딸의 곁이라면 초라한 마룻바닥에서 잠들어도 행복하다.

딸과 함께 머무는 곳이 가장 빛나는 동네가 되고 딸이 있는 장소는 구름 낀 날씨에도 빛이 난다. 딸 옆에서 걸을 수 있다면 그 길이 가장 행복한 도로가 된다. 딸과 함께하는 여행은 배낭 하나만 지고 가도 호화로운 여행 부럽지 않고, 딸과 함께 노래를 듣는다면 슬픈 멜로디도 행복한 사랑의 찬가가 될 수 있다.

가장 위험한 생의 고비에서,
가장 기쁜 순간에서 터져 나오는 이름,
엄마.

혼자 불빛 하나 없는 밤길을 걸어가는 기분일 때 부르고 싶은 이름,
부르면 마음이 따뜻해지는 이름,
부르면 배터리가 충전되는 것처럼 힘을 얻게 되는 이름,
부르면 꿈이 생기는 이름,
엄마.

앞의 상송 가사처럼 엄마의 팔짱을 끼고 노래하자. 부드러운 말로 고백하자. 생의 마지막 순간에 부르고 싶은 이름이 바로 당신이라고.

최근 어쩔 수 없는 상황 탓에 집에만 있는 시간들을 보내면서 사랑하는 사람과의 일상이 얼마나 소중한지 다시 한 번 깨달았다. 엄마와 하고 싶은 일을 하나씩 시도해보겠다는 계획은 이처럼 어려운 시기를 건너는 희망이 되어준다.

"앞으로 이런 거 하나씩 해보자."
엄마와 하고 싶은 일 리스트를 적어 보여드리자. 엄마의 뺨이 꽃보다 화사해질 것이다.

하늘나라 먼 곳으로 가셨지만 언제나 딸의 가슴 가까운 곳에 계시는 우리 엄마, 이 책은 엄마를 향한 나의 고백송이기도 하다. 엄마와 단 하루라도 다시 만날 수 있다면 꼭 해보고 싶은 일들이기 때문이다. 물론 이 목록들을 다 할 수는 없다. 엄마와 즐거운 축제를 펼칠 몇 가지를 선정해서 해보라고 권하고 싶다.

아직 함께할 엄마가 살아 계시다면,
함께할 수 있는 그 나날들에 부러움을 담아 경축하고 싶다.

엄마와 나의 모든 봄날들

1판 1쇄 인쇄 2020년 4월 29일
1판 1쇄 발행 2020년 5월 11일

지은이 송정림

발행인 양원석 편집장 최두은 책임편집 차지혜
디자인 남미현, 김미선 일러스트 심혜림
영업마케팅 양정길, 강효경

펴낸 곳 ㈜알에이치코리아
주소 서울시 금천구 가산디지털2로 53, 20층(가산동, 한라시그마밸리)
편집문의 02-6443-8862 도서문의 02-6443-8800
홈페이지 http://rhk.co.kr
등록 2004년 1월 15일 제2-3726호

ISBN 978-89-255-3240-0 (03810)